D1393350

LES MAUVAIS
GÉNIES

Derniers romans parus dans la collection Nous Deux :

L'OMBRE DU ROI
par Judith POLLEY

LE RELIQUAIRE
par Elizabeth PETERS

LE TEMPS DE LA MOUSSON
par Lillie HOLLAND

L'AILE DU CORBEAU
par Alice DWYER-JOYCE

LE MOULIN DES SOLITUDES
par Briony DENE

LA PORTE
par Mary ROBERTS RINEHART

L'ELEPHANT BLANC
par Isabelle HOLLAND

LE NID DE FRELONS
par Miriam MacGREGOR

FLAMME SUR LA LANDE
par Lilian WOODWARD

LE CHANT DE L'INDE
par Mozelle RICHARDSON

LABYRINTHES
par Robin Anne SELBY

LA PIERRE DU GUETTEUR
par Rona RANDALL

PLACE AU THEATRE
par Suzanne EBEL

UN SI VIEIL AMI
par Hilda VAN SILLER

MYSTERE AU MOYEN-ORIENT
par Julie ELLIS

A paraître prochainement :

JE SOUSSIGNEE, VICTORIA STRANGE
par Ruth WILLOCK

Elisabeth KYLE

LES MAUVAIS
GÉNIES

(All the Nice Girls)

LES EDITIONS MONDIALES
2, rue des Italiens — Paris-9ᵉ

© Elisabeth Kyle et Les Editions Mondiales.
(Tous droits réservés.)
ISBN N° 2-7074-1381-X

CHAPITRE PREMIER

Ils avaient bâti deux châteaux de sable l'un en face de l'autre.

Leur idée était de faire livrer bataille par les occupants de l'un aux occupants du second. Seulement, il n'y avait pas d'occupants car Alan avait oublié d'apporter des soldats de plomb. En revanche, il avait trouvé une plume de mouette et l'avait plantée au sommet du fort pour faire un drapeau.

— Je pourrais courir à la maison en cinq minutes. Ou en dix minutes, et je les rapporterais, dit Alan.

Il savait bien qu'il n'y arriverait pas.

Jenny ne se fatigua pas à lui répondre. De toute façon, ils n'avaient le droit d'aller nulle part sans Nana, et Nana était allée plus loin sur la plage pour parler à une amie. Si elle revenait et qu'un des enfants soit parti, cela ferait toute une histoire. Jenny se releva, et épousseta le sable qui collait à ses genoux.

Elle était massive, pas grosse, mais bien charpentée, avec des cheveux roux et une grande bouche. Elle avait neuf ans, âge auquel la curiosité commence à s'éveiller. Alan, à sept ans et demi, ressemblait à sa mère, étant petit et brun.

— Je vais chercher une plume pour mon fort, dit Jenny.

— Prends-en une noire puisque la mienne est blanche.

— D'un blanc sale, dit la petite fille.

Le sable sec, poudreux, céda la place à du sable plus ferme et plus sombre à mesure qu'elle s'approchait de la mer. Il ne fallait pas aller trop près de l'eau de peur de mouiller ses chaussures et ses bas. Un jour, alors que Nana était en vacances, Tante Olive avait emmené les enfants à la plage et leur avait permis de courir pieds nus. Mais Nana ne permettait jamais cela.

On était en été 1915, où il faisait si chaud partout, mais à Failford, contrairement à la plupart des autres villes d'Ecosse, le climat était si tempéré qu'il attirait les officiers en retraite et les anciens fonctionnaires des Indes qui venaient s'y établir. La côte formait deux promontoires de chaque côté de la baie qu'ils protégeaient du vent. Le Gulf-Stream passait quelque part au large et, pendant l'été, l'air était chargé d'une chaude humidité que certaines personnes trouvaient lourde.

Presque nulle part ailleurs, on n'aurait sorti les cabines de bains d'aussi bonne heure. Il y avait déjà des gens dans l'eau et Jenny entendait les petits cris des baigneurs qui s'aspergeaient mutuellement.

Il y avait là une belle plume brune. Un instant, la petite fille demeura aussi près de l'eau qu'elle l'osa et l'une de ses bottines s'enfonça légèrement.

La brume empêchait de voir la longue ligne bleue de la mer qui s'étalait sous le ciel.

Si Alan avait envie de courir seul jusqu'à la maison, elle avait envie, elle, de retirer ses chaussures. Elle se retourna lentement, — elle avait toujours été une enfant réfléchie, — pour voir si Nana était suffisamment loin. Mais cela n'aurait rien changé de toute façon, car quelqu'un d'autre se promenait sur cette partie de la plage et la verrait revenir pieds nus.

Cela aurait pu n'avoir aucune importance si, de là où elle était, elle n'avait reconnu la promeneuse. Nulle autre que Mme Jack Bremer n'aurait paru aussi élégante, même de loin, ou porter un chapeau aussi immense.

Déjà, elle parlait à Alan. Jenny s'approcha d'eux sans se presser. Elle s'aperçut que son petit frère montrait son château de sable à elle aussi bien que le sien. Il n'avait pas le droit de faire ça. Elle pressa le pas, arriva près de son château et planta la plume au sommet, juste à temps.

— Quel beau château ! dit Mme Jack Bremer d'un ton admiratif. Je veux dire quels beaux châteaux.

— Les plumes ne sont pas aussi belles que les vôtres, observa Alan, très aimable.

— Tu parles des plumes de mon chapeau ? Ce sont des plumes d'autruche. Malheureusement, je ne peux pas vous en donner parce qu'elles sont cousues sur le chapeau. Avez-vous donné des noms à vos châteaux ?

Ils n'avaient pas pensé à cela. C'était une étourderie. Alan jeta un regard sur la côte, vers l'endroit où se dressait la tour en ruine, tout en haut d'un des promontoires rocheux.

— Le mien s'appelle le Château Gowdie.

— Tu ne peux pas prendre le nom du château Gowdie ! protesta vivement Jenny. Il ne restera rien pour moi !

— Ne vous disputez pas, mes enfants, dit Mme Bremer.

Elle écarta son ombrelle des deux monticules de sable pour s'en aller.

— Réfléchissez et trouvez deux jolis noms, dit-elle, et vous les écrirez dans le sable avec vos pelles.

— Oh ! Restez et trouvez-nous des noms !

Ils ne voulaient pas la laisser partir, non parce qu'ils l'aimaient particulièrement, mais parce qu'elle était si jolie et qu'elle sentait si bon ! Elle était toute en courbes gracieuses, grande, superbement en chair, avec un teint soigneusement protégé du soleil. Jenny ne comprenait pas pourquoi sa mère n'avait pas l'air d'aimer Mme Bremer. Elle disait qu'elle avait la peau émaillée. Qu'est-ce que c'est, « émaillé » ?

Une brise légère passa sur la plage et effleura les plumes de marabout du boa de Mme Bremer. Le boa se balança en direction des enfants qui reniflèrent une bouffée de ce délicieux parfum. Elle avait beaucoup de plumes, cet après-midi, Mme Bremer. L'énorme chapeau qui ombrageait son front, le gardant uni et blanc malgré le soleil, était garni de petites plumes fixées à plat sur le bord pour que son visage fût encore plus à l'abri. L'ombrelle que tenait sa main gantée était en soie couleur pêche et déversait une jolie lumière sur ses joues.

— Ne partez pas ! supplia Jenny, moins impassible que d'habitude. Voilà le capitaine Milligan qui vient. Peut-être, si vous trouvez un des noms, il trouvera l'autre.

— Le capitaine Milligan ?

Elle se retourna brusquement en inclinant son **ombrelle**. L'ancien marin gravissait la dune de sable, y plantant sa canne. Il baissait la tête, mais il venait régulièrement vers eux.

— Je n'ai plus le temps, dit Mme Bremer. J'ai des amis qui viennent dîner.

Elle quitta les enfants précipitamment, comme si elle venait tout à coup de se rappeler la chose, et s'éloigna très vite dans la direction opposée à celle d'où venait le capitaine.

Il rejoignit les enfants, se pencha vers eux. Un homme très grand, très gros, qui portait à la main une grande canne d'ébène sculpté. Les enfants connaissaient bien cette canne ; dans un certain sens, elle les charmait autant que le chapeau de Mme Bremer. Mais la canne avait un charme inquiétant. Car le pommeau, englouti par la grande main du capitaine, était une tête de serpent qui ouvrait la bouche pour montrer ses crochets. Et la queue du serpent s'enroulait autour de la canne jusqu'à la ferrure.

— Nous voulions qu'elle reste, dit Jenny, et qu'elle vous aide à trouver des noms pour nos châteaux, mais elle a dit qu'elle était pressée.

La grande figure rouge du capitaine se fendit en un large sourire.

— Je dois bien être le seul homme du monde qu'elle soit pressée de fuir, dit-il.

— Pourquoi ?

Alan, accroupi sur le sable, relevait la tête.

— Pour rien. C'est juste une remarque que j'ai faite comme ça. Vous voulez que je vous trouve des noms pour vos châteaux ?

— Oh, oui ! S'il vous plaît !

— Ils me rappellent deux forts chinois qui se faisaient face de chaque côté de la Rivière des Perles. Et moi, j'étais garçon de cabine à bord d'un *lorcha*.

— Qu'est-ce que c'est, un *lorcha* ?

Le capitaine fut enchanté de cette question à laquelle il pouvait répondre, car il avait oublié les noms des deux forts.

— C'est un mélange de bateau et de jonque, expliqua-t-il. La coque est normale, mais un bateau qui navigue sur les eaux chinoises doit employer des équipages chinois. Alors les voiles et les grée- ments sont les mêmes que ceux des jonques pour plus de commodité dans la manœuvre. Mais le capitaine était anglais. Un des hommes de Jardine Matheson. Et il m'avait emmené comme garçon de cabine pendant qu'il remontait la rivière pour débarquer son chargement.

— Quel chargement ?

— Les marchandises dont je vous ai déjà parlé.

Alan hocha la tête.

— Oui. J'avais oublié. Le truc qui donnait de beaux rêves aux Chinois. Qu'est-ce que c'était ?

— Des graines de pavots. J'ai vu des champs et des champs de pavots blancs avec des cœurs violets, tout prêts à mûrir pour donner de beaux rêves aux Chinois, mais ils ne voulaient pas rêver, alors ils avaient construit ces forts sur les bords de la Rivière des Perles pour nous empêcher de leur apporter du bonheur.

— Des forts comme nos châteaux ? Vous ne nous avez pas encore dit leurs noms.

Le capitaine fouillait sa mémoire, mais en vain.

— Un des forts était entouré d'une muraille de trente-cinq pieds de haut, reprit-il, pour protéger la ville. On apercevait le toit de la pagode par dessus le mur. Je le revois d'ici... A quinze milles de Pékin... La chaleur s'élevait comme de la vapeur sur la rivière... Des cormorans pêchaient sur la rive opposée...

Le nom lui revint tout à coup.

— T'ungshow ! C'est comme ça qu'on l'appelait. T'ungshow.

— Ecrivez-le sur le sable, s'il vous plaît. Devant mon château.

Le capitaine prit la canne autour de laquelle s'enroulait un serpent, achetée il y avait bien longtemps à Macao, et il inscrivit le nom sur le sable devant le fort d'Alan. Puis, pour satisfaire Jenny qui l'observait d'un regard orageux, il écrivit Tient-sin devant le château de sable de la petite fille, grattant le sable sec avec sa canne pour parvenir au sable humide en dessous.

— Est-ce sur la Rivière des Perles que vous avez poursuivi les canards ?

De nouveau, le large visage du capitaine s'éclaira d'un sourire.

— Ce n'était pas sur une rivière, c'était au beau milieu des mers de Chine. De gros canards can-canant qui devaient nous donner des œufs, et un rôti de temps en temps ; mais le garçon de cabine, — à ce moment-là, j'étais second-maître, sur un vrai navire, pas un *lorcha*, — cet imbécile de gar-çon de cabine les avait laissés échapper. Et ils étaient là...

— « Sautant sur la mer comme des bouchons », rappela Alan.

— Oui. Et moi, je m'étais porté volontaire pour les rechercher avec un canot. Et je me penchais d'un côté, puis de l'autre, essayant de les attraper, mais ils plongeaient de sorte que je n'attrapais que de l'eau ; et puis ils faisaient surface et ils se moquaient de moi...

— Bonjour, capitaine. Il faudra garder vos histoires pour une autre fois : il est temps que les enfants rentrent goûter.

Nana était derrière eux, aussi maigre que le capitaine était gros. Elle portait un bonnet attaché sous le menton par des cordons. Elle ne savait pas du tout si Mme Cathcart approuverait ces conversations sur la plage avec le vieux capitaine, et elle s'arrangeait quand elle le pouvait pour les interrompre. Tout au moins, elle restait là pour s'assurer que les histoires qui ravissaient les enfants étaient bien faites pour leurs jeunes oreilles.

Le capitaine effleura le bord de son chapeau pour la saluer, fit un clin d'œil aux enfants, et s'éloigna. Nana prit les devants pour monter la pente de la dune, le dos raide comme un i, les enfants traînant les pieds entre les touffes de chiendent derrière elle. Une vaste étendue d'herbe qu'on appelait le Green bordait l'autre côté de la route, avec un kiosque à musique au milieu. L'endroit était désert à cette heure, car les concerts n'avaient lieu que le soir, sauf le samedi où il y avait une matinée. Pourtant, on avait déjà transporté le piano sur la petite estrade circulaire et placé un panneau d'affichage. Le panneau annonçait le concert de la Compagnie des Rossignols pour sept heures du soir.

— Ne pouvez-vous marcher un peu plus vite ? grogna Nana.

Elle était pressée de ramener les enfants, de les faire goûter et de les mettre au lit. Elle voulait avoir le temps de dîner elle-même et de filer avec

Lizzie, la cuisinière, pour faire l'essai du spectacle. Lizzie avait déjà entendu les Rossignols et elle disait qu'ils étaient bons. Mais elle aurait dit cela de toute façon parce qu'un des garçons de la troupe était un ami de son neveu, là-bas en Angleterre.

C'était le moment où les gens faisaient prendre de l'exercice à leurs chiens sur le Green. Quelques silhouettes l'arpentaient, poursuivant, ou poursuivies par des bêtes au galop, et surveillées par les villas majestueuses dont les jardins séparaient le Green de la route du terrain de golf. Tous les gens de quelque importance habitaient dans la rue du terrain de golf, ou juste à côté. A présent, au début de la saison des fleurs, les jardins devenaient luxuriants : des branches fleuries se balançaient au-dessus des hauts murs de pierre qui les entouraient.

Failford était un paradis pour les riches hommes d'affaires de Glasgow qui pouvaient se rendre chaque jour en ville. La société se composait de trois couches, qui vivaient côte à côte, mais étaient cependant séparées, comme les tranches de diverses couleurs dans une glace napolitaine. Il y avait les gens d'affaires, pourvus de grosses fortunes, qui avaient découvert les délices d'une petite ville de province au bord de la mer, avec son célèbre terrain de golf et ses courses de chevaux au printemps et à l'automne. Il y avait la nombreuse colonie d'officiers et de fonctionnaires en retraite, qui avaient passé leur vie en Orient et qu'unissaient leurs sympathies. Il y avait enfin quelques descendants des anciennes familles, depuis longtemps privées de leurs domaines, et qui généralement appauvris, formaient un clan particulier et bénéficiaient d'un dédaigneux respect.

Les Cathcart faisaient partie de cette catégorie,

non qu'ils eussent possédé un domaine, mais une grande partie de la ville, avant sa fondation, avait appartenu à leur famille. Même maintenant, bien que les rues partant de ou allant à Bellshaw House eussent été construites depuis plus de cinquante ans, elles portaient des noms tels que « Croissant Cathcart », « Boulevard Bellshaw » et « Parc Bellshaw ».

Le major Cathcart, père d'Alan et de Jenny, s'occupait uniquement de la milice de Failford. A part les manœuvres annuelles, c'était un gentilhomme oisif et criblé de dettes. Son grand-père avait aidé à la fondation de la milice et avait dû vendre ses terres. Le petit-fils ne pouvait plus rien vendre parce qu'il ne restait plus rien.

— Dépêchez-vous ! dit Nana, traînant Jenny par la main. Votre tante Olive et votre Granny viennent dîner. Il faut que vous soyez couchés avant leur arrivée.

De petites maisons grises se dressaient de chaque côté de la grille de Bellshaw House. L'avenue qui conduisait à l'entrée était circulaire, entourant une pelouse dont un vieil orme occupait le centre. La maison n'était pas très grande, mais carrée et bien proportionnée, avec une imposte composée de losanges et une grande porte en haut d'un perron blanc. Une aile seulement, celle de la cuisine, était antérieure au XVIII⁰ siècle. Elle était sombre et humide.

En entrant, les enfants rencontrèrent leur père qui sortait pour promener ses bouledogues ; c'était un grand bel homme, alourdi par la nonchalance, et qui avait toujours l'air mécontent. Derrière lui, venant d'une porte entrebâillée, la voix de sa femme se fit entendre.

— Pour l'amour du ciel, ne sois pas en retard,

Charles. Rappelle-toi que tu dois te changer pour recevoir ta mère.

Charles Cathcart ne prit pas la peine de répondre ; il caressa la tête d'Alan, en passant devant lui avec ses deux chiens, Romulus et Rémus qui grognassaient sur ses talons. La porte d'entrée claqua de nouveau derrière eux. Jenny courut vers la porte entrouverte d'où était venue la voix de sa mère pour voir comment était la table du dîner.

Oui, on avait sorti les candélabres d'argent. Sa grand-mère aimait les voir sur la table quand elle venait dîner dans la maison qui avait été la sienne autrefois. Evelyne Cathcart les gardait généralement dans le buffet pour éviter de les nettoyer trop souvent. Madame Cathcart Senior trouvait sa belle-fille paresseuse, une de ces jeunes Anglaises molles, fille d'un officier d'un régiment suffisament bien côté, mais sans fortune et ignorant tout des valeurs relatives.

Alan regardait sa mère.

— Maman, nous avons rencontré le capitaine ; il avait le serpent noir qui lui sert de canne.

— Tu es bête ! dit Jenny, intervenant dans la conversation. Il ne peut pas marcher sans sa canne.

— Si, il peut. Il ne boite pas. Il a donné des noms aux deux châteaux que nous avons bâtis. Des noms chinois.

— Je voudrais que vous ne parliez pas tant à ce vieux capitaine, dit la jeune femme avec irritation.

Mais elle avait bien autre chose en tête ce soir. On entendit un bruissement d'étoffe dans l'escalier : une silhouette en tablier blanc descendait.

— Nana ! dit à la silhouette Mme Cathcart en élevant une voix impatiente, emmenez les enfants en haut et faites-leur prendre leur bain. Alan, s'il te plaît, laisse les petits fours tranquilles.

Alan retira sa main du plat d'argent posé entre les candélabres.

— Tu nous permets toujours d'en prendre un chacun.

— Pas ce soir, il n'y en a pas assez.

— Pourquoi n'en as-tu pas acheté plus ?

— Les petits fours de Fleury sont beaucoup trop chers.

Nana prit fermement les mains des enfants et les entraîna dans l'étroit escalier. Madame n'était pas elle-même, ce soir. Ce n'était pas son genre de parler sur ce ton. Et la faute n'en revenait pas aux invitées : la vieille dame et Mlle Olive venaient dîner presque chaque semaine.

Evelyne Cathcart jeta un dernier coup d'œil sur la table pour s'assurer que tout était bien. Elle avait mis le couvert elle-même une demi-heure plus tôt, mais elle savait que son cerveau ne fonctionnait pas à la perfection ce soir. Selon son habitude, Charles lui abandonnait la partie difficile de la réception. Ce n'était pas chic. Cela suffisait pour faire tout oublier à n'importe qui.

Charles et sa mère exigeaient que tout soit toujours parfait. C'était absurde quand il ne s'agissait pas d'une véritable réception ! Evelyne examina l'argenterie, les fleurs, les serviettes blanches pliées en bonnets d'évêques. L'argenterie aurait supporté un peu d'astiquage, mais il n'y avait pas eu le temps. Pourquoi être aussi maniaque quand on n'a pas de quoi s'offrir le personnel nécessaire pour entretenir les choses correctement ?

Elle s'approcha du buffet et constata qu'il y avait bien un rond de dentelle sous chaque rince-doigts. Encore une de ces manies prétentieuses, servir des fruits après un excellent pudding. Il n'y avait pas beaucoup de fruits, du reste : une petite grappe de raisin, une pomme, restée de la dernière saison et qui devait être sèche comme un coup de trique, et deux bananes.

Voilà que Charles revenait déjà avec les chiens. Il ne leur avait pas laissé le temps de courir, et il faudrait probablement subir la corvée de les faire sortir de nouveau pendant la soirée. La nervosité avait dû le ramener à la maison...

Il la vit par la porte entrouverte et entra. Il essaya de se calmer en faisant semblant d'admirer la robe de sa femme.

— Tu es charmante, ce soir, ma chère. Cette dentelle te donne l'air d'une jeune fille.

— Oh ! Charles, je t'en prie !

Elle n'avait pu s'empêcher de le rabrouer. Pourtant, elle avait pitié de lui. Pauvre Charles, avec son beau visage morose et sa manière de se reposer entièrement sur elle, ou sur qui que ce fût qui pouvait le tirer d'un mauvais pas.

— Je t'ai dit que je parlerais à ta mère. Je lui répéterai tout ce que tu m'as dit. Et je mets cette robe tous les soirs que Dieu fait parce que je n'ai pas de quoi en acheter une autre.

— Très bien... Très bien... mais rappelle-toi : il faut que j'aie l'argent avant le mois d'octobre. N'oublie pas de lui dire cela.

— Je lui dirai tout ce que tu veux que je lui dise, je te l'ai promis. J'ai encore de la mémoire.

— Il vaudra mieux attendre jusqu'après le café. J'emmènerai Olive dire bonsoir aux enfants et tu pourras te lancer.

Evelyne secoua la tête avec lassitude.

— N'as-tu jamais pensé que nous serions bien plus heureux loin d'ici, dans une petite maison, avec une seule domestique, et sans dettes, et sans personne alentour pour se soucier que nous soyons les Cathcart de Belleshaw ?

— Il est trop tard pour cela, dit Charles brutalement. Il n'est pas seulement question de continuer à vivre comme avant. Il est question de m'éviter la prison.

CHAPITRE II

Olive marchait entre les rangées de petites maisons, se dirigeant vers celle où elle vivait avec sa mère. Elle se trouvait un peu au-delà du terrain de golf, mais du mauvais côté, le côté de la ville et non celui de la mer. Elle était entourée de maisons habitées par des petits commerçants, des veuves ou des célibataires. Chaque maison possédait un petit jardin bordé de hauts murs. Mais au moins, leur terrasse particulière était construite sur ce qui avait été jadis la propriété de la famille, et l'endroit portait le nom de Jardins Bellshaw.

Le facteur venait à sa rencontre, au cours de sa tournée de la soirée. Le cœur d'Olive se mit à battre à sa vue ; elle pressa le pas.

— Ai-je de la chance, ce soir ? demanda-t-elle.

Elle s'efforçait de prendre un ton insouciant, comme si la chose était sans importance.

— Oui, mademoiselle, répondit le facteur. Une lettre pour vous. Elle est timbrée de Londres.

Il parlait sans fausse honte, parce qu'il aimait

bien Mlle Cathcart et qu'il désirait lui faire plaisir. Elle lui sourit, et il pensa une fois de plus qu'elle était bien jolie. Juste de la bonne taille, avec un long cou, des sourcils arqués et des yeux gris qui regardaient bien en face. Et une jolie bouche dont les coins s'abaissaient parfois, mais remontaient vite pour que la jeune fille eût l'air aimable si quelqu'un passait.

Olive se mit à courir vers la maison pour avoir sa lettre le plus vite possible. Ce n'était pas tellement de l'impatience que le souci de la prendre sur la table de l'entrée avant que sa mère ne la voie. Mais elle arriva trop tard, Mme Cathcart examinait déjà l'enveloppe quand la jeune fille entra.

— Quelle singulière écriture ! dit-elle en tendant la lettre à sa fille. Elle vient de Londres. Peut-être de ton amie Daisy ?

— Non. Elle n'est pas de Daisy.

— Je crois que tu as eu tort de lui envoyer ce cadeau de mariage. Je veux dire un cadeau si coûteux ! Après tout, maintenant qu'elle a épousé cet impossible petit homme, il est probable que vous ne vous rencontrerez plus.

— S'il te plaît, donne-moi la lettre, Mère. C'est... c'est personnel.

— Tu voudrais la cacher à ta mère ?

Tout de même, elle donna la lettre à la jeune fille.

— Bah... ! dit celle-ci avec lassitude, il faudra que tu sois au courant à un moment quelconque. Mais pas ici, dans l'entrée.

— Certes non. Allons en haut, dans le salon, nous y serons confortablement installées.

Sa mère tentait de feindre l'insouciance pour

cacher sa curiosité. Olive se prit à espérer que la lettre fût, finalement, une déception.

L'escalier était encore plus raide et plus étroit que celui de Bellshaw House, et le tapis qui le recouvrait était tout aussi usé. La teinte jaunâtre du papier de tenture déteint était coupée, à intervalles montant, par une succession de gravures et de miniatures, ces dernières représentant des membres de la famille Gowdie. Madame Cathcart avait été une demoiselle Gowdie. Les liens qui l'unissaient aux propriétaires, disparus depuis bien longtemps, du Château Gowdie dont les ruines couronnaient le promontoire, d'un côté de la baie, étaient oubliés de tous. Mais elle ne les oubliait jamais.

Même en cet instant où elle gravissait l'escalier devant sa fille, elle jeta, par habitude, un regard sur la gravure accrochée sur le palier près de la porte du salon. La gravure représentait la vieille tour dominant un orage qui frappait les rochers sur lesquels elle se dressait. La tour était en ruine depuis des dizaines et des dizaines d'années, mais Mme Cathcart se redressait fièrement à sa vue.

Le soleil de l'après-midi éclairait le parquet du salon et faisait briller les dorures des fauteuils français près de la fenêtre. Ces fauteuils comptaient parmi les quelques beaux meubles de la petite maison. Madame Cathcart les avait emportés de Bellshaw House car ils lui venaient des Gowdie. La pièce était encombrée et le mobilier trop lourd. Olive avait toujours l'impression de se trouver dans une boîte remplie d'objets qui comptaient beaucoup plus qu'elle pour sa mère.

— N'ouvres-tu pas ta lettre ? demanda celle-ci.

Elle déchira lentement l'enveloppe avec son doigt et en tira une feuille de papier. Quelque chose tomba sur le sol, en même temps, les deux femmes virent que c'était un chèque. Olive se baissa vivement pour le ramasser, mais pas assez vite.

— Un chèque, ma chère Olive ? As-tu gagné un concours ?

Olive lisait sa lettre qui, en d'autres circonstances, l'aurait comblée de joie et d'excitation. Elle avait répondu impulsivement à une offre d'emploi, sans même penser que sa candidature serait agréée. Elle avait écrit à un moment où elle était encore plus désespérée que d'habitude, à un moment où son existence étriquée lui devenait soudain insupportable.

Mais elle n'avait pas pensé à la scène qui se déroulerait si, par hasard, sa lettre obtenait une réponse. Ou si elle y avait pensé fugitivement, elle s'attendait à avoir du temps pour préparer la révélation.

— Non, dit-elle. C'est de l'argent pour payer quelque chose.

— Pour payer quoi ?

De nouveau prise de désespoir, la jeune fille répondit en parlant plus fort que de coutume.

— Un billet pour Londres. Je me suis proposée pour un poste et ils veulent que je vienne me présenter en personne.

— Quel genre de poste ?

— M'occuper de deux enfants. C'est la seule chose que je sache faire.

Olive jeta un regard suppliant à sa mère.

— Pourquoi n'irais-je pas à Londres ? On... s'ennuie tellement ici !

Madame Cathcart ne répondit pas tout de suite. Elle s'était redressée comme elle faisait en passant devant la gravure du Château Gowdie. Mais elle avait pâli et une petite main osseuse se crispait sur l'accoudoir de son fauteuil. Une bague qui l'ornait brilla soudain au soleil.

— Tu veux dire... être gouvernante ? articula-t-elle enfin.

— N'est-ce pas ce que je suis avec les enfants de Charles ?

— C'est totalement différent et tu le sais très bien, Olive. Tu m'étonnes ! Je pense que tu veux aller à Londres pour être près de ton amie Daisy et de son impossible mari ?

— Il n'est pas impossible.

Olive retrouvait son courage pour défendre son amie.

— Il est très bon et il l'aime, et même s'ils n'ont pas été élevés de la même façon, avec le même genre d'antécédents, cela ne les empêchera pas d'être heureux.

— Tu te trompes, ma chère. Mais personne n'apprécie ce qu'on perd avant de l'avoir perdu. Tu as vingt-trois ans, tu as eu deux ou trois occasions..., je déteste ce terme, mais à plusieurs reprises, tu aurais pu t'établir confortablement, chez toi...

— Je m'efforce de te comprendre, dit Mme Cathcart. Je sais que tu trouves Failford ennuyeux. C'est peut-être vrai... Récemment, te voyant si mélancolique, j'avais même songé à écrire à Cousine Susan pour lui suggérer de t'inviter chez elle..., pour te rendre utile, évidemment. Mais ce ne serait pas la même chose qu'accepter un emploi chez des étrangers !

— Aller en Australie ? Chez la cousine Susan Gowdie ?

Olive était stupéfaite, mais déjà son imagination l'entraînait dans un univers inconnu.

— Pourquoi pas ? disait sa mère. Il est vrai qu'elle est seulement une parente éloignée, mais nous nous écrivons tous les ans pour Noël. Sans doute, accepterait-elle d'avoir une jeune compagne, une jeune cousine qui l'aiderait dans sa maison.

— Nous n'aurions jamais de quoi payer le voyage !

— Elle le paierait, naturellement.

Madame Cathcart jeta un regard sur le chèque que sa fille tenait à la main.

— Il faut que tu renvoies cela tout de suite. Et que tu dises à ces gens sans retard de ne pas compter sur toi. C'est la moindre des choses.

— L'Australie...

Olive prononça le nom lentement. Des moutons. Des millions et des millions de moutons. Le mal du pays. Le dépaysement, une sorte de liberté. Mais quel genre de femme était la cousine Susan ? Difficile, probablement. Exigeante. La fille célibataire d'un distant cousin Gowdie, parti pour l'Australie il y avait très longtemps, pour y faire fortune. Olive supposait que la cousine Susan n'aurait pas pris la peine de rester en contact avec ses parents de Failford sans l'obsession commune de leurs antécédents historiques.

Sa mère l'observait, remarquant et interprétant avec justesse l'expression hésitante de sa fille. A sa manière, elle aimait Olive, mais moins que son fils, pourtant. Olive lui manquerait terriblement quand elle partirait, surtout en ce qui concernait les petits travaux ménagers.

— Evidemment, ma chérie, l'Australie est très loin de nous. Et qui sait ce que la Providence te réserve ici ? Eddie McCullock revient de son voyage autour du monde en automne, je crois. Le voilà au bon âge, et vous jouiez ensemble très gentiment quand vous étiez enfants.

Tout à coup, Olive éclata de rire.

— Maman ! Il a deux ans de moins que moi et je lui faisais faire tout ce que je voulais ! C'est une chiffe molle, il ne sera jamais autre chose ! Charles ne peut pas le souffrir. Je suis sûre qu'il a été soulagé quand Eddie a été invité à faire ce voyage avec ses amis.

— L'expérience l'aura sans doute rendu plus viril.

— Et tout aussi riche. Je pense qu'il aura bientôt la jouissance de sa fortune ? Mais je n'ai aucune envie de l'attendre.

Madame Cathcart remarquait avec soulagement qu'Olive parlait maintenant d'un ton léger. Il fallait qu'elle écrive une lettre charmante à ces gens de Londres en leur renvoyant leur chèque. C'était une bonne idée d'avoir parlé de l'Australie, cela lui avait mis une autre idée dans la tête. S'il n'en sortait rien, il y avait peut-être tout de même de l'espoir pour Eddie McCullock.

— Tu n'as plus le temps d'écrire maintenant, Olive. Regarde la pendule ! Le cab arrivera bientôt pour nous conduire chez Charles.

Assise plus tard à la table de la salle à manger, Ellen Cathcart remarqua que la lumière des bougies **embellissait sa belle-fille.** Evelyne semblait retrouver, ce soir, un peu de la joliesse qui avait captivé Charles quelques années plus tôt. A moins qu'elle n'eût

recours à ces poudres teintées à la mode depuis peu ?
Elle se montrait très animée, bavardant plus encore
que de coutume. Mais comme le repas avançait, en
dépit de la lumière flatteuse, Mme Cathcart se mit à
suspecter une autre raison pour le teint plus coloré
et l'animation de la jeune femme.

Evelyne avait peur. Peur de quelque chose.
Qu'avaient-ils inventé, Charles et elle ? Sans doute
avaient-ils fait de nouvelles dettes. Mais, en toute
loyauté, elle ne pouvait pas reprocher cela à Evelyne. Certes, la jeune femme avait été élevée raison-
nablement. Mais Charles était un joueur invétéré...
Elle leva les yeux vers le beau visage de son fils.
Instinctivement, elle devinait toujours qu'il lui
cachait quelque chose. Et sous les apparences
joyeuses de la conversation, elle sentait son instinct
en alerte.

Ils se levèrent de table et Charles tint la porte
ouverte. Madame Cathcart sortit la première de la
salle à manger, suivie d'Olive, mais elle avait l'oreille
fine et elle entendit son fils souffler à sa femme :

— Plus tard. Je ferai sortir les chiens avant leur
départ. Cela laissera moins de temps pour...

Pour quoi ? Etant sa mère, elle devinait cela
aussi. Moins de temps pour d'éventuels reproches
suivant une confession. Olive était parfois difficile
à comprendre, mais Ellen Cathcart lisait en son
fils comme en un livre ouvert. Ainsi, Evelyne était
chargée d'annoncer la nouvelle, quelle qu'elle fût...
Ils entrèrent au salon. Les rideaux n'étaient pas
encore tirés et un ciel jaune citron s'encadrait dans
la fenêtre. Il s'assombrit peu à peu et la lune parut.

— Quel beau clair de lune, nous aurons ce
soir ! dit Mme Cathcart. J'ai presque envie de ren-

voyer le fiacre et de rentrer à pied. Qu'en penses-tu, Olive ? Charles pourrait nous accompagner.

— Oh ! dit Charles très vite, à votre place, je ne décommanderais pas la voiture. Ces gens-là sont furieux quand il y a un contre-ordre.

Elle ne se trompait pas. Charles ne resterait pas seul avec sa mère s'il pouvait l'éviter.

— Je crois que je vais monter dire bonsoir aux enfants maintenant, dit Olive.

— Je m'inquiète d'elle, dit Mme Cathcart quand sa fille fut sortie. Elle est nerveuse, en ce moment, insatisfaite... Elle voulait aller à Londres, comme gouvernante !

— Pourquoi ne le ferait-elle pas ? demanda Evelyne d'un ton bref.

Elle se reprit et ajouta poliment :

— Elle me manquerait beaucoup, elle m'aide tant avec les enfants. Mais à Londres, elle aurait son amie Daisy, elle ne serait pas perdue.

— Et il lui faudrait fréquenter les amis du mari de Daisy.

Charles était toujours prêt à soutenir sa mère, quand il s'agissait d'orgueil familial.

— Il paraît que Daisy a épousé un individu qui possède une quincaillerie. Dieu sait où elle a pu le rencontrer !

— En achetant des clous probablement ! dit Evelyne en riant.

Elle était visiblement tendue, cependant.

— Olive est jolie et j'ai remarqué que les hommes s'entretiennent avec elle avec intérêt, dit Charles, évaluant sa sœur. Je voudrais qu'elle s'éprenne de l'un d'eux. Quelqu'un de riche de préférence.

— Quand revient Eddie McCullock ? demanda Mme Cathcart. Lui et Olive ont pratiquement grandi ensemble, et il sera suffisamment riche, je pense ?

Il y eut un curieux petit silence, puis Charles parla plus fort qu'à son habitude.

— McCullock ? Olive n'en voudrait pas. Et ce n'est pas étonnant ! Il est complètement idiot !

— Chut... je l'entends qui descend.

Olive rentra dans la pièce.

— Alan est à moitié endormi déjà, dit-elle. Les enfants voulaient savoir si la mer monte ou descend en ce moment : j'ai répondu qu'elle montait.

— Pourquoi voulaient-ils savoir ça ?

— A cause de leurs châteaux de sable. Le vieux capitaine Milligan avait inscrit des noms chinois dans le sable et ils espéraient que les châteaux seraient encore là demain. Je leur ai dit de ne pas être trop déçus si la mer les avait recouverts et aplatis pendant la nuit.

Elle s'assit près de la fenêtre et regarda le jardin.

— Que cette étoile est brillante ! dit-elle. J'ai entendu dire que les étoiles sont deux fois plus grosses et plus brillantes quand on les voit d'Australie.

Ainsi, pensa Mme Cathcart, elle réfléchit sérieusement à l'Australie.

La conversation se poursuivit jusqu'au moment où la pendule, sur la cheminée, sonna dix coups. Charles sauta sur ses pieds, en marmonnant qu'il allait faire sortir les chiens.

— Viens-tu avec moi, Olive ? Il reste une bonne demi-heure avant que le cab ne revienne.

Maintenant..., se dit Mme Cathcart, les mains jointes sur ses genoux. Je vais savoir ce dont il s'agit. Que Dieu m'accorde force et patience !

Evelyne vint s'asseoir plus près de sa belle-mère.

Toute sa fausse animation l'avait brusquement abandonnée. Elle était pâle, à présent.

— Mère..., dit-elle d'une voix mal assurée. Charles m'a demandé de vous dire quelque chose, une chose terrible.

Madame Cathcart ne répondit pas. Elle attendait.

— Vous savez que Charles est le seul curateur d'Eddie. Pauvre Charles ! Il ne connaît rien à l'argent. Et comment s'y connaîtrait-il ? Mais le père d'Eddie était un vieil ami, alors, naturellement... Et c'est si difficile, si compliqué de tenir deux comptes séparés. Le pauvre Charles se trompait quelquefois et mettait l'argent des revenus d'Eddie dans son compte à lui. Et il oubliait de rectifier...

— Combien ? coupa Mme Cathcart.

Son visage avait pris une teinte grisâtre.

— Environ..., environ dix mille livres.

Pour les deux femmes, c'était là une somme effarante.

— Il ne me l'a dit que voici quelques jours, quand je me suis aperçue qu'il dormait mal. J'avais parlé de donner une réception pour Eddie à son retour.

— Eddie va demander à voir les comptes.

Evelyne hocha tristement la tête.

— Qu'a fait Charles avec cet argent ?

— Il payait ses dettes de jeu avec cela. Ce sont ces dettes, finalement, qui ont tout embrouillé. Cela a commencé voici des années, Eddie étant encore à l'université. Charles était entouré de gens qui voulaient se faire payer pour tout, et naturellement, ses pertes aux cartes devaient être payées immédiatement. Il avait toujours l'intention de rembourser très vite, il ne s'agissait que d'emprunts temporaires.

— Ne peut-il s'adresser aux banques ?

Mais Mme Cathcart connaissait déjà la réponse.

— On ne veut plus rien lui avancer. Croyez-moi, ma mère, il ne se rendait pas compte... C'est seulement quand il s'est rappelé qu'Eddie allait atteindre sa majorité qu'il a pris le temps de faire ses calculs... Il s'est aperçu qu'il était dans une situation épouvantable. Il a donné à l'affaire un nom légal...

— Détournement de fonds.

— Oui. Il a dit que les hommes de loi appelleraient cela ainsi. Les hommes de loi ne comprennent pas.

Evelyne jeta un regard effrayé sur sa belle-mère. Elle n'aimait pas le silence, la rigidité de la petite silhouette d'oiseau assise à côté d'elle. Malgré sa forte nature, Mme Cathcart aînée était trop anéantie pour parler.

Finalement, elle se domina.

— Je lui offrirais bien le peu d'argent que j'ai, je vendrais mes bijoux, mais cela ne suffirait pas. Et de loin. Je ne vois pas de solution.

— Hier, Charles a eu une idée. Voudriez-vous essayer pour le sauver ?

— Bien sûr, mais je ne vois pas...

— C'est la cousine Susan, dit Evelyne très vite. Vous avez dit qu'elle est très riche, n'est-ce pas ? Une millionnaire, avec des fermes d'élevage de moutons et autres. Peut-être pourrait-elle nous prêter cet argent ?

— Susan Gowdie ? dit Mme Cathcart ébahie. Mais pourquoi le ferait-elle ?

— Parce qu'elle est une Gowdie et qu'elle en est très fière. Vous nous avez fait voir ses lettres de Noël, tous les ans... Elle parle toujours de ses ancêtres, et de Failford, et du château Gowdie. Charles et moi la trouvions ridicule en ce temps-là.

C'était comme les Américains qui veulent s'inventer des pédigrees. Mais...

— Mais quoi, Evelyne ? Qui vous fait croire qu'elle songerait à donner une telle somme simplement parce que son grand-père, qui était le frère du mien, est parti pour l'Australie et y a fait fortune ?

— Oh ! Pas donner ! Prêter !

— Comment Charles pourrait-il jamais rembourser ?

— Il dit qu'il verserait des intérêts régulièrement. Il faudrait quitter cette maison, naturellement, mais le quartier a de la valeur ; la ville la paierait probablement un bon prix...

— Quitter Bellshaw !

— Il vaudrait mieux cela que voir Charles en prison !

Madame Cathcart tressaillit en entendant le mot, qui tournait pourtant dans sa tête depuis qu'elle savait ce qu'avait fait son fils.

— Je ne vois vraiment pas ce que je pourrais écrire à Susan Gowdie, dit-elle.

— Charles dit qu'il faut lui exposer brutalement la situation. Si elle a autant d'orgueil familial qu'il y paraît, elle voudra peut-être nous éviter un scandale...

— Je vois.

— C'est le seul espoir auquel nous ayons pensé, dit Evelyne presque dans un souffle.

Par la fenêtre entrouverte, elles entendirent les pas des promeneurs qui revenaient : Olive répondait à une phrase de son frère. Madame Cathcart tourna vivement la tête dans cette direction.

— Il n'a pas raconté cela à Olive, j'espère ?

— Oh ! Non. C'est pour cela qu'il l'a emmenée d'ici.

Avant que le frère et la sœur aient eu le temps de rejoindre les deux femmes, le fiacre arriva et s'arrêta devant la porte. Madame Cathcart se leva avec raideur. Tout à l'heure, elle avait l'air d'une femme d'âge canonique bien conservée ; elle était devenue vieille en quelques minutes. Elle parvint cependant à se ressaisir en descendant l'escalier.

Dans l'entrée, Charles prit une écharpe laissée sur une chaise et en entoura les épaules de sa mère. Il paraissait tendu et anxieux.

Un moment, elle lui en voulut d'avoir été assez lâche pour ne pas lui parler lui-même. C'étaient les Cathcart qui étaient lâches, pensa-t-elle, pas les Gowdie. Et en lui disant au revoir, elle fit un geste exceptionnel : elle passa ses mains autour de son cou et attira sa tête pour l'embrasser. Son pauvre capon de fils !

— J'écrirai la lettre, dit-elle tout bas.

Etant tout près de lui, elle entendit son soupir de soulagement.

— Vite, Mère ! murmura-t-il. Les lettres mettent des siècles à atteindre l'Australie.

Olive était déjà dans la voiture. La lumière tardive d'une soirée sur la côte ouest colorait encore le ciel. Le cheval partit, ses sabots martelant le sol jusqu'à la rue silencieuse où habitaient les deux femmes. On voyait la faible lueur du gaz à travers l'imposte au-dessus de leur porte.

Comme elles montaient l'escalier pour gagner leurs chambres, Olive dit soudain :

— Finalement, je crois que j'aimerais aller en Australie.

— En Australie ? répéta Mme Cathcart qui avait oublié.

— Pour tenir compagnie à la cousine Susan.

Le cerveau de sa mère fonctionna rapidement. Il était impossible de demander deux services en même temps à Susan. Et la situation de Charles était beaucoup, beaucoup plus grave.

— Oh ! chérie ! dit-elle. Je ne crois pas que je pourrais me passer de toi. J'y ai pensé après t'avoir parlé de cela : je serais si affreusement seule !

CHAPITRE III

Quand il faisait une aussi belle soirée, le capitaine aimait faire un tour sur le port. C'était un petit port insignifiant comparé à celui de sa ville natale, Aberdeen. Mais le capitaine avait épousé une femme de Failford qui vivait là pendant qu'il était en voyage.

Elle lui avait installé une maison confortable pour le jour où il prendrait sa retraite, et maintenant qu'elle était morte, il n'avait pas envie d'aller ailleurs.

Il habitait une petite villa à côté de l'ancienne maison de la douane. Il n'y avait plus assez de mouvement dans le port maintenant pour qu'un officier de la douane y résidât, bien que c'eût été le cas autrefois.

Le port était situé à l'embouchure d'une rivière, la Fail, insuffisamment profonde pour convenir aux grands vapeurs actuels. De temps à autre, un petit transport de céréales jetait l'ancre à Failford et une bonne quantité du charbon de la région partait de là pour l'Irlande. Cela créait assez d'animation pour intéresser un navigateur en retraite.

Quelques lumières pendaient à des réverbères. L'eau semblait noire et huileuse. L'entrée du port donnait à l'ouest et le capitaine distinguait encore le reflet de ce qui avait été, une heure plus tôt, un admirable coucher de soleil. Des marins amarraient sur lest un charbonnier qui venait d'arriver d'Irlande. Une lanterne était accrochée à l'avant et, à sa lueur, le capitaine Milligan pouvait déchiffrer le nom du bateau. Il connaissait son capitaine, et bien que ce genre de navire et son équipage fussent bien modestes pour un homme qui avait été sur les lignes de Chine, il attendit pour faire un brin de causette, que l'autre mît pied à terre.

Des hommes plaçaient deux planches pour réunir le pont au quai, à présent. Les cafés brillaient de toutes leurs lumières. Le capitaine Meikle, un gars de Glasgow, ne refuserait pas de venir prendre un petit verre avec lui, de sorte qu'il patienta. Finalement, une silhouette parut, plus petite, plus mince que Meikle, et marcha sur les planches plus prudemment que ne l'aurait fait un marin.

Une jeune fille. Drôle de lest ! pensa Milligan. Il ne distinguait pas son visage. Elle n'avança pas sur le quai, vers les lumières des cafés, mais resta là, attendant patiemment. Un matelot la suivit, portant une petite caisse sur son épaule. Il la déposa devant la jeune fille et resta sur place, attendant sans doute un ordre.

— Ohé ! Capitaine Meikle ? clama Milligan, faisant un porte-voix de ses mains.

— C'est toi, Milligan ? Je viens.

Le capitaine s'avança sur la passerelle improvisée

pour parler à son ami sans être entendu de la jeune fille.

— Qui est-ce ? Je croyais que tu ne devais pas prendre de passagers à bord ?

— Ma foi, elle est venue me trouver juste au moment où nous quittions Belfast. Elle m'a supplié de la conduire ici. Elle n'avait pas d'argent, m'a-t-elle dit, et pas d'amis en Irlande, mais elle connaissait quelqu'un qui lui viendrait en aide ici. La cabine du premier maître était vide et nous n'avions pas de chargement.

— Tu es idiot ! Tu aurais pu avoir de gros ennuis. Et tu peux encore en avoir.

— Maintenant que je l'ai amenée, je veux bien être pendu si je sais que faire d'elle !

— Tu dis qu'elle n'avait pas d'amis en Irlande ? Pourquoi y est-elle allée ?

— Parce que le cargo qui l'a amenée de Hong-Kong y avait son port d'attache. Elle m'a dit qu'elle avait essayé de trouver du travail à Belfast, mais la ville est trop pauvre et c'était trop mal payé.

— Hong-Kong !

Le capitaine Milligan retira sa pipe de sa bouche.

— Ouais. C'est une métisse. Tu vas voir ça dans une minute.

Meikle se rapprocha de la jeune fille, peut-être pour éviter d'autres questions sur sa douteuse initiative.

— Voilà un de mes amis, dit-il, le capitaine Milligan. Annabel Smith.

Il faisait un peu plus clair là où elle se tenait, mais ses traits demeuraient cependant indistincts, contrairement à sa voix. Une voix agréable mais bizarrement mécanique, légèrement chantante. Le capitaine avait entendu ce genre de voix bien souvent. Il n'avait pas besoin de voir le visage.

— Vous êtes de Failford, capitaine Milligan ? Vous habitez ici ?

— Oui.

— Dans ce cas, vous pourrez peut-être m'indiquer un endroit où loger cette nuit ?

— Meikle m'a dit que vous avez des amis ici, répondit l'autre d'un ton bourru. Mieux vaut aller les trouver.

— Une amie, pas des amis. Et j'aimerais mieux ne pas aller la voir ce soir. Il est tard et je suis fatiguée. N'auriez-vous pas ici un hôtel d'accueil pour jeunes filles ? J'en ai trouvé un à Belfast. Ils ne sont pas chers.

Bon. Une fille respectable. Et l'hôtel n'était pas éloigné de la maison du capitaine. La directrice était une amie de sa gouvernante, c'est comme cela qu'il était au courant.

— Il y a un hôtel de ce genre près de chez moi, dit-il, mais je doute qu'ils vous acceptent et vous donnent un repas à une heure aussi tardive. Cependant, madame Macdonald, ma gouvernante, connaît la directrice. Venez avec moi je vous ferai donner quelque chose à manger, et ensuite, madame Macdonald pourra vous conduire à l'hôtel.

La jeune fille ne répondit pas tout de suite, elle observait son interlocuteur. Puis elle hocha la tête.

— Très bien. Je viens avec vous.

« Elle sait évaluer les gens rapidement et elle saura se débrouiller », pensa le capitaine Milligan. Il souleva la caisse et la mit sur son épaule. Si elle contenait tout ce que possédait la fille, elle était pathétiquement légère. Côte à côte, ils passèrent devant les entrepôts du quai, tournèrent dans une rue qui s'écartait du port, puis dans une autre qui retournait vers la mer.

Le son de la marée montante leur parvint, du bout de la rue. Les maisons étaient fermées sur la nuit. Le capitaine s'arrêta devant une porte et posa la caisse pour tirer une clé de sa poche. Il lui sembla que, derrière lui, la jeune fille reculait d'un pas ou deux, comme pour voir ce qu'il y avait à l'intérieur de la maison.

La porte s'ouvrit avant même qu'il ait eu le temps de mettre sa clé dans la serrure ; Mme Macdonald, traversant l'entrée, avait entendu son pas. Elle avait de l'embonpoint comme son maître ; un grand tablier blanc s'étalait devant elle, éclairé par le bec de gaz allumé dans l'entrée. Rassurée, la jeune fille s'avança de nouveau.

— Vous rentrez plus tard que de coutume, capitaine ! dit la gouvernante.

Elle scruta l'ombre derrière lui.

— Qui c'est-il que vous amenez avec vous ?

— Quelqu'un qui arrive d'Irlande. Elle cherche l'hôtel d'accueil.

— Seigneur ! Ils ont sûrement fini de dîner maintenant. Et c'est peut-être complet.

— Vous serez gentille de lui donner un repas : deux œufs sur le plat ou quelque chose de ce genre. Et ensuite, peut-être accepterez-vous de conduire mademoiselle Smith à l'hôtel et de dire un mot pour elle à votre amie ? Dites à la directrice que je lui serais très obligé si elle pouvait accepter de loger mademoiselle Smith, même à cette heure.

La jeune fille s'était glissée dans l'entrée. Ce n'était qu'un étroit couloir, encombré par un porte-habits qui dépassait non loin de la porte. Annabel buta contre le meuble de chêne et quelque chose tomba de sa manche pour tinter sur le sol.

C'était un petit poignard aigu. Elle mit vivement le pied dessus, mais le capitaine avait vu de quoi il s'agissait.

— Vous n'aviez pas besoin de ça, dit-il. Pas besoin du tout.

— Peut-être pas chez vous, riposta-t-elle sans se troubler. Mais que pouvais-je en savoir ?

Elle se baissa et ramassa l'arme.

Madame Macdonald, retournée à la cuisine pour faire cuire les œufs, n'avait rien vu. Le capitaine fit entrer la jeune fille dans le petit salon ; un feu brûlait dans la cheminée bien qu'on fût en juin et la voyageuse s'en approcha avec joie, tendant ses mains à la chaleur. C'étaient des mains délicates, aux ongles en amandes, longs et polis.

— Vous trouverez qu'il fait plus froid ici qu'à Hong-Kong, dit le capitaine, choisissant prudemment ses paroles, si vous en êtes partie récemment évidemment.

La jeune fille hocha la tête sans répondre directement. Elle regardait un tableau qui représentait un quatre mâts naviguant.

— Il n'y a plus beaucoup de navires comme celui-là qui viennent à Hong-Kong maintenant, dit-elle. Ils sont très démodés.

— C'est le premier vaisseau que j'ai commandé. Nous allions de l'Inde aux ports chinois.

Le regard de la visiteuse erra sur le reste de la pièce. Ses yeux ressemblaient à des flaques brun sombre, sans fond et sans expression. Le capitaine se souvint des milliers de regards qui passaient sur lui, sans rien exprimer, alors qu'il se hâtait dans les rues de Hong-Kong. Il connaissait bien ces yeux-là, et l'impossibilité de lire en eux aucun renseignement, aucune réaction. La jeune fille était presque belle à sa manière. Sa peau était pâle et fine et si sa bouche changeait rarement de forme, elle était sereine et bien modelée.

Il y avait quelques objets de valeur dans la pièce et elle les remarquait tous. Ils brillaient comme des joyaux parmi les meubles pesants, recouverts de peluche, qui faisaient l'orgueil de Gladys Milligan ; les assiettes roses alignées sur le dressoir auprès de la faïence classique bleue et blanche, le singe de Chi'en Lung en face du chien dont le camarade était cassé depuis longtemps, et la longue bande exquisement brodée que Gladys avait exigé de mettre sous verre.

La canne d'ébène était rangée dans un angle de la pièce, la tête du serpent montrant ses crochets à l'étrangère. Elle n'y jeta qu'un coup d'œil, elle en avait vu des quantités : ces cannes étaient les souvenirs préférés qu'achetaient la plupart des marins, on les sculptait spécialement pour ce genre de marché. Mais son regard revint à la broderie au-dessus de la cheminée.

— Je peux broder presque aussi bien, dit-elle, mais pas tout à fait. Savez-vous comment on encourageait les vers à soie à produire la plus belle qualité ? On leur jouait de la musique douce au temps de la vieille impératrice. Ma mère disait que c'était pour les apaiser, leur donner la sérénité.

Une nouvelle occasion.

— Votre mère était chinoise ?

La jeune fille hocha la tête.

— Mon père était anglais. Il l'a abandonnée... Disons plutôt qu'il s'est lassé d'elle comme il arrive

fréquemment. Elle a vécu de sa couture. Maintenant,
elle est morte.

— Alors, vous avez quitté Hong-Kong avec
l'espoir de retrouver votre père ? risqua le capitaine.

Elle secoua la tête.

— Non. Il est mort aussi, il y a longtemps. J'en
avais assez de la vie que je menais. Je crois qu'ici, je
pourrai vivre mieux.

Le capitaine répéta sa première question :

— Y a-t-il longtemps que vous avez quitté Hong-
Kong ?

De nouveau, la jeune fille secoua la tête. Ses
cheveux étaient aussi lisses que les poils du singe
de porcelaine, et rassemblés en une boucle brillante
sur sa nuque.

— Je ne pouvais rien faire en Irlande, dit-elle.
J'y suis allée uniquement parce que j'avais pu voya-
ger à bon marché. Je n'avais pas l'intention de me
fixer à Belfast.

Madame Macdonald entra. Elle releva la moitié
du tapis de la table et posa sur l'endroit découvert
pu plateau contenant les deux œufs au plat, des
tartines grillées et une théière. Elle jeta un regard
de biais à la jeune fille : une ou deux fois, le capitaine avait ramené à la maison de drôles de per-
sonnages dont il avait eu pitié, car malgré sa grosse
voix et ses façons brusques, c'était un homme
compatissant. Mais jamais il n'avait encore amené
de femme.

Annabel s'assit à la table et se versa une tasse
de thé. Elle y ajouta beaucoup d'eau chaude, mais
pas de sucre ni de lait. Le capitaine attendit, pour
poser sa question principale, qu'elle eût mangé un
œuf et un morceau de pain grillé.

— Comment s'appelle votre amie de Failford ? demanda-t-il.

Les yeux bruns se détournèrent.

— Je n'ai pas d'amie à Failford, dit-elle. Je ne connais personne ici.

— Mais vous avez dit...

— J'ai dit un mensonge au capitaine Meikle, sinon, il aurait certainement cru avoir à faire à une aventurière et aurait refusé de me prendre à son bord. En prétendant que j'avais des amis ici, j'ai mis sa conscience en repos.

Sauf dans l'exercice de sa profession, le capitaine n'avait pas l'esprit très vif, mais une légère crainte devant une responsabilité, une vague appréhension lui firent dire avec brusquerie :

— Dans ce cas, pourquoi vouliez-vous venir précisément ici ?

— Parce qu'on m'a dit que c'est une petite ville où beaucoup d'Anglais ayant vécu en Orient viennent prendre leur retraite.

— Qui vous a dit vela ?

La fille haussa les épaules.

— Comment pourrais-je me le rappeler ? Ma mère avait une boutique de travaux à l'aiguille : elle faisait aussi des robes pour les dames anglaises ou écossaises. Il y a beaucoup d'Ecossais à Hong-Kong. Quelqu'un m'avait parlé de Failford, et quand le capitaine de ce transport de charbon a prononcé le nom, je m'en suis souvenue.

Elle parlait facilement, avec conviction. Pourtant, le capitaine ne croyait pas un mot de son histoire.

— Dans les petites villes, reprit-elle, une nouvelle couturière peut trouver plus facilement du travail que dans une grande cité. Pour une modiste, c'est la même chose. C'est le métier de modiste que j'ai appris.

— Vous aurez besoin d'argent pour fonder un commerce. Et je n'ai pas l'intention de vous aider.

Annabel posa couteau et fourchette sur son assiette. Elle ne répondit rien avant un moment. Puis elle regarda l'homme assis en face d'elle.

— Vous posez beaucoup de questions, capitaine Milligan, dit-elle. Vous vous méfiez de moi. A présent, permettez-moi de vous poser une question à mon tour. Quand vous naviguiez dans les mers de Chine, que transportiez-vous ?

— Ce que mes armateurs me confiaient.

— C'était de l'opium, n'est-ce pas ?

— Pourquoi pas ? Le commerce de l'opium était autorisé à cette époque par le gouvernement britannique.

— Il était cultivé aux Indes, qui appartenaient à la Grande Bretagne, et vendu pour être fourni à des gens tels que votre gouvernante, qui, elle, boit du thé et y tient beaucoup. Mais le thé ne lui fait pas de mal comme l'opium en a fait à ma mère. Elle est morte d'empoisonnement par l'opium.

— J'en suis désolé, dit le capitaine mal à l'aise, mais un marin comme moi ne peut être tenu pour responsable quand il se borne à obéir aux ordres de son maître.

— Non, évidemment. Je pense que vous n'étiez pas responsable, personnellement, des bateaux de guerre qui escortaient les cargos chargés d'opium et veillaient à ce que la marchandise soit bien débarquée là où les gens en avaient soif. Des gens comme ma mère. Je suppose que vous, et tous ceux qui s'occupaient de ce commerce, n'avaient jamais vu

un être humain ayant cessé de se nourrir et étant
devenu un véritable squelette, parce qu'il ne voulait
plus vivre que pour une seule chose ?

— Ecoutez, ma petite fille...

— Oh ! je ne vous reproche pas la mort de ma
mère. Je ne suis pas stupide au point de rejeter
sur un seul individu le crime de toute une nation.
Je vous demande seulement de me laisser organiser
ma vie comme je l'entends, comme vous avez orga-
nisé la vôtre. Je ne vous demande même pas de
m'aider.

Le capitaine garda le silence. La fille dont la
mère était morte par l'opium décida qu'après tout,
elle allait reprendre un autre toast. Elle le beurra
par petits morceaux et le couteau qu'elle tenait
rappela au capitaine le poignard qu'il avait aperçu
par terre. Il se demanda où elle l'avait mis.

— Merci, dit-elle finalement. J'ai fini et j'aimerais aller à cet hôtel d'accueil. Si votre gouvernante
voulait bien être assez bonne... ?

— Je vais lui dire que vous êtes prête.

Il était content de sortir de la pièce. Madame
MacDonald attendait dans la cuisine, habillée pour
sortir, mais elle avait la bouche pincée par la désap-
probation.

— Je doute que la jeune personne soit très bien
reçue à cette heure, dit-elle en voyant entrer le
maître du lieu. Vous êtes terrible, capitaine. Où
avez-vous trouvé cette fille ?

— Sur le port, amenée par un ami dont le
bateau venait d'accoster. Soyez gentille, madame
Macdonald. Emmenez-la à l'hôtel et persuadez-les de
l'accueillir.

— A-t-elle de l'argent ?

— Elle n'a pas essayé d'en obtenir de moi, mais si elle ne peut pas payer sa chambre pour la nuit, dites à la directrice que je m'en chargerai. Demain, elle pourra prendre contact avec des œuvres charitables.

Il escorta les deux femmes jusqu'à la porte et regagna, pensif, son petit salon. La jeune fille l'avait poliment remercié de son hospitalité ainsi que Mme Macdonald pour la peine qu'elle prenait à la conduire à l'hôtel, mais cela sans effusions. Et elle ne témoignait d'aucune rancune lorsqu'elle faisait ces remarques sur le chargement des navires d'autrefois.

Tout le monde le savait, les bateaux naviguant sur les lignes de Chine faisaient le commerce de l'opium. La moitié des grosses maisons commerciales, la maison Jardine Matheson par exemple, n'en étaient-elles pas nées ? Tous les officiers en retraite ou les fonctionnaires ayant servi en Orient le savaient. Et les en saluait-on différemment ?

Non, son idée de possible chantage était purement imaginaire. Elle n'était venue que de ce curieux recul dans le passé.

Mais le passé n'en avait pas moins reparu. Cette nuit-là, dans son lit, le capitaine entendit la corne de brume du phare, au bout du port, la chaleur de la journée ayant fait monter de la brume sur la mer. Un remorqueur lança un coup de sifflet péremptoire. A moitié endormi, le capitaine revit son bateau à l'ancre dans l'animation d'un port de l'Orient, parmi les *lorchas* et les jonques. L'air humide du port entrait par sa fenêtre ouverte, mais il lui semblait suffocant et chaud, comme l'air de Hong-Kong. Il étouffait. Il rejeta une couverture et ne trouva le calme et l'oubli des images qui tournaient dans sa tête, qu'à l'aube, quand le brouillard disparut enfin et que la corne de brume se tut.

❖

Les membres de la Compagnie des Rossignols étaient assis en demi-cercle, écoutant avec nonchalance l'un des leurs qui chantait.

C'était le samedi après-midi. Au-delà du kiosque, s'étirait une autre surface herbeuse, puis le haut mur de la prison du comté s'élevait. Plus loin encore, il y avait l'esplanade et la mer. Plus proches, les spectateurs entouraient le kiosque, Nana assise exactement au centre du troisième rang de chaises, avec Jenny et Alan à sa droite et à sa gauche.

« Toutes les jolies filles aiment les marins ! », chantait le ténor des Rossignols.

Il avait changé son chapeau de Pierrot contre un béret de marin dont les rubans noirs pendaient par derrière sur sa collerette tuyautée. Le béret n'était pas aussi joli que le chapeau, pensait Jenny, en fixant le chanteur. D'abord, ce n'était pas un marin. Et il ne ressemblait pas non plus à un Pierrot. Il n'avait pas de pompons.

« Toutes les jolies filles aiment les vieux loups de mer ! »

Mais il avait une belle voix, on ne pouvait pas dire le contraire. Les autres Pierrots étaient assis avec la jambe droite croisée par dessus la gauche et leurs chapeaux pointus inclinés exactement de la même façon, de sorte que les pompons rouges ressemblaient à des coccinelles rentrant à la maison. Ils grattaient leurs mandolines et, de temps en temps,

chantonnaient pendant que l'accompagnateur tapait
sur le vieux piano derrière eux.

« Car les marins ont quelque chose...

« Vous savez bien comment sont les marins ! »

— Lizzie dit qu'il avait une voix exceptionnelle
quand il était petit garçon. Il chantait dans le
chœur.

— Quel chœur ? demanda Alan.

Il posait la question par politesse. Il ne tenait
pas à le savoir.

— Un chœur en Angleterre. Son neveu y chantait aussi.

La chanson s'était achevée deux ou trois minutes plus tôt. Le chanteur retira son béret de marin
et remit son chapeau pointu. Jenny poussa un
soupir de soulagement. Maintenant, il avait réellement l'air d'un Pierrot. Les autres s'avancèrent.
Ayant posé leurs mandolines, ils dansèrent sur un
rang. Le pianiste tapait plus fort que jamais.
C'était le dernier numéro du programme. Le soleil
descendait déjà vers la ligne bleue de la mer, au
loin.

— Venez, dit Nana. Il est l'heure de votre goûter.

A contrecœur, les enfants tournèrent le dos au
kiosque et suivirent Nana, à travers le Green. Jenny
et Alan se demandaient la même chose : si les Pierrots retiraient tous leurs chapeaux, et leurs collerettes, et leurs longs vêtements vagues ; maintenant que le concert était fini, de quelle couleur
seraient-ils ? Jenny ne voyait pas du tout de quoi
ils auraient l'air. Elle savait seulement que la féerie
aurait disparu. Alan, plus jeune que sa sœur, pensait
que peut-être les Pierrots eux-mêmes disparaîtraient.

Le faible murmure des mandolines les suivit un

moment, puis s'interrompit. Les enfants se retournè-
rent, mais Nana qui avait envie de prendre son thé
les entraîna pour les faire sortir du Green et s'enga-
ger dans une des rues qui conduisaient à la maison.

Le spectacle était achevé. Les spectateurs se dis-
persaient, se promenaient sans but pour profiter
encore un peu du soleil de la fin d'après-midi, puis
retournaient chez eux. Les rayons du soleil se reflé-
taient sur les fenêtres des maisons qui faisaient face
à la mer et les faisaient scintiller. Ils illuminaient
les ruines du Château Gowdie, le faisant ressortir
nettement au lieu de se fondre dans les contours
du promontoire.

Un moment, le Green resta désert, puis quelques
personnes sortirent des luxueuses villas du voisinage,
venant promener leurs chiens avant le dîner. Madame
Jack Bremer se pencha pour détacher la laisse de
son loulou de Poméranie blanc, Bijou, qui se joignit
aux terriers et aux griffons qui couraient sur l'herbe.
Mme Bremer était allée à une réception cet après-
midi-là, et elle était exquisement habillée. Son
ombrelle de dentelle blanche pendait à son bras par
son manche d'ivoire, le soleil étant trop bas à présent pour nuire à son teint. Son chapeau de paille
claire abritait suffisamment son visage rose et blanc.
Une rose artificielle, rose et opulente comme elle,
était fixée sous le large bord, du chapeau, tout
contre ses cheveux encore blond-doré.

Quand elle se redressa, elle vit Mme Cathcart et
sa fille Olive qui traversaient le Green en sens
inverse. Madame Cathcart eut l'air de changer de
direction ; elle hésita un instant, s'arrêtant comme
pour admirer la vue, mais Bijou courut à elle,
aboyant et se couchant à ses pieds, de sorte qu'elle

fut bien obligée de saluer sa maîtresse. Celle-ci sourit aimablement en rejoignant les deux femmes ; il y avait une bonne dose d'amusement dans son sourire. Pauvre madame Cathcart ! pensait-elle. Si seulement elle pouvait oublier qu'elle était une Gowdie, de Château Gowdie, combien elle serait plus agréable ! Et sa fille... La pauvre, pauvre Olive !

Olive la regardait avec une franche admiration.

— Que j'aime votre chapeau ! dit-elle.

— J'arrive de la garden-party des Lorimer, expliqua Mme Bremer.

Elle se tourna vers Mme Cathcart.

— Je suis passée devant la maison McCuloch, en allant chez les Lorimer. Quelle agitation ! Avez-vous remarqué les peintres qui travaillent là, et l'avenue, bien nettoyée ! Le jeune Eddie va-t-il revenir ? Vous le savez certainement, votre famille et la sienne ont toujours été très amies.

— Oui, il revient, répondit Mme Cathcart. Mais pas encore tout de suite.

— Quel dommage d'avoir laissé cette belle maison vide pendant des années !

Madame Cathcart acquiesça poliment et tenta de se libérer, mais Olive jouait avec Bijou. Madame Bremer continua à parler d'Eddie.

— Pauvre garçon ! Il me fait toujours penser à un carrelet.

— Un carrelet ?

— Oui, ce gros corps gras et ce visage rond sans expression. Et cette toute petite bouche sans menton et toujours à moitié ouverte.

Madame Cathcart jeta un regard inquiet sur Olive, pour le cas où elle l'aurait vue dégoûtée d'Eddie par cette description, mais Olive n'avait rien entendu à cause des aboiements excités de Bijou qui sautait autour d'elle.

— J'espère qu'il a gardé tout au moins son bon cœur, dit-elle.

En le disant, elle comprit qu'elle le désirait ardemment en effet.

— Pardonnez-moi. J'ai été peu charitable. Je ferai personnellement tout ce que je pourrai pour qu'il se sente bien accueilli quand il reviendra. J'ai pensé à un club de tennis, s'il revient avant la fin de l'été. On peut toujours organiser ce genre de chose pour les jeunes, ils aiment beaucoup cela.

— J'espère qu'il ne reviendra pas avant l'automne.

— Maman ! Tu espères ?

Olive avait entendu au moins cela et elle était stupéfaite du manque de tact inhabituel de sa mère. Mais Mme Cathcart arrangea les choses adroitement :

— Comme cela, on aura le temps de remettre Beechwood en état. La maison est restée à l'abandon, depuis qu'Eddie était au collège en Angleterre. Les locataires ne sont jamais très soigneux quand ils occupent les demeures des autres. Olive, cesse de jouer avec ce chien et viens.

Les trois femmes se quittèrent et les Cathcart continuèrent leur promenade sur le Green. L'herbe céda bientôt la place à un mélange de sable et de chiendent qui formait le sol des dunes. Elles escaladèrent l'une de celles-ci et, de là, regardèrent descendre la marée.

— Je déteste les femmes voyantes, qui veulent se faire remarquer, observa Mme Cathcart.

Evidemment, elle pensait à Mme Bremer qui l'avait agacée par certains de ses propos. Olive se

demanda si elle avait dit quelque chose de particulier sur Eddie McCulloch, sa maison et son
retour

— Madame Bremer est peut-être mise de manière
un peu voyante, dit-elle, mais elle est bonne. Généreuse aussi, je crois.

— Oh...! oui. Ces gens riches ont généralo-
ment le cœur sur la main.

— D'où tient-elle tout son argent ?

— La famille de son mari était très riche. Un
rapport quelconque avec le thé, je crois.

Le vent leur soufflait au visage. Un cavalier, au
loin, se dirigeait vers le Château Gowdie, la mer
étant assez basse pour lui permettre de passer au
pied du promontoire. A d'autres moments, les
vagues se ruaient à l'assaut de la falaise au sommet
de laquelle se dressait la vieille tour, creusant le
rocher. On apercevait le ciel de l'autre côté de ses
fenêtres vides. Des gens pique-niquaient là : cela
se faisait parfois quand on obtenait la permission du
fermier à présent propriétaire du terrain. Olive
distinguait des silhouettes qui entraient et sortaient
des ruines.

— Alan meurt d'envie d'explorer le Château
Gowdie, dit-elle, mais je ne sais pas si ce serait
prudent. Du reste, il est trop loin pour que les
enfants puissent y aller et en revenir à pied.

Sa mère paraissait distraite. Depuis qu'on avait
parlé du retour au pays d'Eddie McCulloch, elle
semblait constamment ailleurs.

— Oh ! je pense que cela ne risque rien, dit-
elle avec indifférence. Un sentier y va par la
falaise.

— Maman, depuis combien de temps n'y es-tu
pas allée ? demanda Olive. Le sentier s'est éboulé

il y a des siècles. Charles m'a dit qu'il n'existait déjà plus quand il était d'âge à aller dénicher des oiseaux !

— Oui, c'est vrai : je n'y suis pas retournée depuis mon enfance.

Sur le Green, le vent s'attaquait au chapeau de Mme Bremer qui était obligée de le retenir.

— Viens, Bijou, dit-elle. Je vais remettre ta laisse.

Il était temps de rentrer pour dîner, mais elle revint sur ses pas à contrecœur. Elle dînait seule ce soir et elle détestait cela.

CHAPITRE IV

Plus tard, assise au bout de son immense table de salle à manger, elle regretta de n'avoir pas fait retirer quelques rallonges pour en diminuer la longueur. Quel dommage qu'elle ne pût bavarder avec le seul autre occupant de la pièce ! La salle à manger elle-même lui paraissait trop vaste et trop impersonnelle, elle y était enfermée comme dans un tombeau, en dépit des tableaux qui ornaient les murs dans leurs cadres dorés, et des belles chaises sculptées, sur lesquelles personne ne s'asseyait ce soir.

Elle essaya de se distraire en organisant par avance la réception pour le jeune Eddie McCulloch. Elle inviterait d'autres jeunes, naturellement, et leurs parents pour que ceux-ci invitent Eddie à leur tour.

Après le repas, elle décida de se promener dans le jardin, non pas le grand jardin derrière la maison, d'où l'on voyait le Green et la mer au-delà, mais l'étendue de gazon et de massifs qui séparaient l'entrée de la rue du Golf. Là, au moins, il y aurait un peu d'animation, un peu de vie.

Il faisait encore assez chaud pour qu'elle sortît sans châle. Au-dessus des arbres et du haut mur de pierre, le ciel sombre était semé d'étoiles, et les lumières des voitures qui roulaient dans la rue éclairaient les branches basses.

Une chouette, perchée sur le hêtre pourpre, ullula mélancoliquement et elle eut envie de ramasser une pierre et de la lui lancer. Généralement, elle réussissait à ne pas souffrir de sa solitude, mais, ce soir, il n'en était rien.

C'était un de ces soirs où elle se disait qu'elle avait été idiote de ne pas se remarier. Les hommes avaient toujours été attirés par elle et l'étaient encore maintenant. Et elle avait été heureuse avec Jack. Mais le coup qu'il lui avait porté à son lit de mort l'avait dégoûtée à jamais de tout projet matrimonial.

Des arbustes la séparaient du mur bas qui bordait le jardin à cet endroit. Elle eut envie de s'en approcher, de s'y accouder, et en regardant les lumières des voitures qui passaient, de sentir qu'elle faisait partie du monde extérieur. De la main, elle écarta les branches. La chaleur de la journée avait exalté le parfum des fleurs. Elle arriva près du mur.

Appuyé sur le faîte, à quelques pas, dans la rue, une forme sombre la regardait.

Elle poussa une exclamation étouffée et recula. Le réverbère, un peu plus loin dans la rue, éclairait les contours d'une silhouette dont le visage demeurait dans l'ombre. Il semblait qu'il s'agît d'une jeune fille et la voix qui s'éleva dans la nuit fut rassurante.

— Pardonnez-moi si je vous ai fait peur.

Une voix légère, vaguement étrangère, sans
expression, avec un timbre particulier.

— Vous êtes-vous égarée ? Puis-je vous indiquer
votre chemin ?

L'émotion rendait la voix de Sally Bremer un peu
haletante.

— Je crois que cette maison est Eden Court ?

— Oui, en effet, et je suis madame Bremer.

C'était peut-être une amie d'une des femmes
de chambre.

— Je devrais faire mettre une lampe au-dessus
de la porte d'entrée, dit gentiment Mme Bremer.
Je pense que vous la cherchiez ?

— Merci, je l'ai vue. Je l'ai vue quand je suis
venue ici pendant la journée.

— Désirez-vous parler à quelqu'un dans la maison ?

— Je voudrais vous parler en particulier. C'est
pour cela que j'ai attendu jusqu'à maintenant. J'attends près du mur parce que j'ai entendu quelqu'un
marcher dans l'avenue.

Vous parler en particulier... Un souffle de brise
venant de la mer balança une branche comme un
rideau devant la mince silhouette, puis la dévoila
de nouveau. Il n'y avait rien de menaçant dans
cette voix. Comment cela aurait-il pu se faire ?
Pourtant, Sally Bremer comprit soudain que toute
cette journée avait préparé quelque chose. Cela.

— Mais..., dit-elle, nous ne nous connaissons
pas. Comment vous appelez-vous ?

— Mon nom est Annabel Bremer.

Elle pensait parfois que ce genre de chose arriverait, mais seulement quand elle était déprimée,
et ce n'était pas fréquent. Alors elle s'autorisait à
penser à l'enfant de Jack, l'enfant de son premier,

de son seul mariage, le bébé métis dont il avait été le père pendant ce malheureux séjour en Orient avant qu'il ne la rencontrât.

« Ce n'est pas juste ! » criait en elle une voix déraisonnable. « Jack devrait être là pour s'occuper de cela ! Pas moi ! »

La silhouette s'éloignait du mur. A présent, Sally entendait un pas léger qui suivait le mur, puis franchissait la grille. Finalement, la jeune fille arriva près d'elle, lui toucha le bras.

— Peut-être mon père a-t-il eu la franchise de tout vous dire ? Peut-être savez-vous déjà pourquoi nous devons nous entretenir en particulier ?

Sally se ressaisit.

— Allons dans la maison.

Elle avait laissé la porte d'entrée entrouverte pour aérer le vestibule. Elles entrèrent ensemble dans la maison et après un instant d'hésitation, Sally Bremer fit entrer la visiteuse dans son petit boudoir, derrière la salle à manger. La pièce était dans l'obscurité car la femme de chambre avait tiré les rideaux pour la nuit.

Sally alluma une lampe électrique sur son secrétaire et fit signe à la jeune fille de s'asseoir. La danseuse de porcelaine qui tenait l'ampoule sous l'abat-jour de soie rose leur tournait le dos à toutes les deux avec insolence.

Annabel s'assit confortablement dans un angle du canapé. Son regard parcourut le petit salon, notant le tissu des rideaux, le Cupidon de marbre sur son guéridon, dans un angle, l'élégant plateau à porte plumes et l'encrier de cristal taillé sur le secrétaire. Elle remarqua la photographie d'un homme dans un cadre d'argent, sous la lampe, et elle se leva pour aller la prendre et la regarder.

Il avait un beau visage et portait une moustache tombante de sorte qu'on ne voyait pas la bouche faible.

— C'est mon père ? demanda la jeune fille.

Madame Bremer répondit par l'affirmative avant d'avoir pu s'en empêcher. Elle aurait aimé nier l'évidence, mais la vérité se fait jour automatiquement.

La jeune fille reposa soigneusement la photo et retourna s'asseoir.

— On m'avait dit qu'il était très riche, observat-elle. Il l'avait dit à ma mère. Je croyais qu'il se vantait. Mais maintenant, je vois qu'il n'en était rien.

Une étincelle de combativité fit parler Sally Bremer.

— Comment savez-vous que ce n'est pas moi qui suis riche ?

— C'est sans importance, répondit tranquillement la fille. L'argent existe.

Les appréhensions de Sally Bremer augmentèrent. Elle essaya de se dire qu'elle n'avait pas à s'effrayer, qu'elle n'avait pas à redouter cette fille, cette pauvre fille, si mal traitée ainsi que sa mère. Elle se força à la pitié, espérant que la pitié chasserait la peur. Elle regarda le corps mince, vêtu pauvrement mais décemment, le visage d'ivoire, les lèvres minces et les yeux bruns inexpressifs.

La fille de Jack ! Sa mère était sûrement plus jolie, pour l'avoir séduit !

— Votre mère vit-elle toujours ?

La jeune fille secoua la tête.

— Elle est morte voici des années.

— Je suis navrée, pour elle et pour vous. Croyez-moi, je vous en prie, je n'ai jamais rien su de l'existence de votre mère jusqu'au moment où Jack, votre père, a été sur le point de mourir. C'est à ce moment-là qu'il m'a tout dit.

— Vous a-t-il dit également qu'il s'était marié avec ma mère ?

— Il... il me l'a dit, oui, mais naturellement...

— Il n'aurait pas parlé de cela s'il s'était agi d'une duperie, dit Annabel très vite. Dans ce cas, il n'aurait rien dit du tout. Le mariage était parfaitement légal : j'ai ici le papier qui le certifie. C'est tout ce que ma mère a pu me laisser.

— Puis-je le voir, s'il vous plaît ?

Annabel tira une enveloppe de son sac usé et y prit un papier, mais elle ne le donna pas à Mme Bremer. Elle se leva une fois de plus et le tint sous la lumière de la lampe afin que son interlocutrice pût le voir nettement. Sally Bremer se pencha sur la feuille que les longues mains pâles serraient fermement. L'acte était vieux et froissé : la date du mariage remontait à quelques années avant que Jack et elle ne passent par une cérémonie semblable. Mais le document était-il authentique ?

Comme si elle lisait dans la pensée de l'autre femme, Annabel déclara :

— L'acte n'est pas fabriqué.

Elle remit le papier dans son sac et se rassit.

— Même maintenant, il serait facile de retrouver l'original : vous n'avez qu'à écrire au consul britannique.

Oui. Il suffisait même d'aller trouver son avocat qui examinerait le document et ferait ce qu'il fallait pour en faire vérifier l'authenticité. Mais à supposer qu'elle fît cela... A supposer qu'un secrétaire prît connaissance de la correspondance qui suivrait ? S'il racontait partout que Mme Jack Bremer d'Eden Court n'était finalement pas mariée ? Sa position à Failford avait toujours été inattaquable : nombre de personnes malveillantes la lui enviaient. Et lui enviaient sa fortune.

Les gens ne croiraient-ils pas qu'elle avait été, depuis le début, au courant du mariage de Jack, que les yeux ouverts, elle l'avait laissé se rendre coupable de bigamie ? Personne ne lui dirait rien directement, sans doute ; ses amis, elle en avait beaucoup, la défendraient. Mais tout le reste de sa vie, les propos insultants s'élèveraient du sol même sur lequel elle marcherait. Comme la brume qui monte de la mer et s'étendait sur le Green, ils obscurciraient le soleil de sa joie de vivre. Ils la glaceraient jusqu'aux os.

A travers cette brume, elle entendit Annabel qui parlait.

— La date du mariage précède de cinq ans, je crois, le prétendu mariage de mon père avec vous.

— Comment savez-vous cela ?

Annabel croisa ses pieds pour s'asseoir plus confortablement sur le canapé. Madame Bremer ne put s'empêcher de remarquer la finesse de ses chevilles.

— J'ai écrit à l'église de la paroisse de Lycett pour demander si le mariage de mon père était consigné sur les registres. C'est ainsi que j'ai appris son autre mariage et sa mort. Ma mère elle-même était morte. Je n'avais pas d'argent, et en tant que fille de parents de races différentes, j'avais un avenir incertain. J'ai décidé de venir en Europe et de préparer mon avenir par moi-même.

Préparer mon avenir par moi-même... Sally se demanda si la phrase rendait un son menaçant, ou si elle se l'imaginait.

— Mon... votre père était très jeune, dit-elle. Il ne faut pas trop le blâmer. Sa famille l'avait envoyé en Orient pour qu'il se familiarise avec ce côté des affaires de ses parents.

Annabel hocha la tête.

— Je sais. Il a laissé de l'argent à la banque pour ma mère avant de repartir pour son pays. Il savait qu'elle attendait un enfant de lui... Mais il n'en a pas moins oublié de venir la retrouver.

Une fois de plus, la nature chaleureuse de Sally la fit voler au secours de Jack Bremer.

— Son père le terrifiait, dit-elle. Il voulait attendre le bon moment pour lui dire...

— Qu'il avait épousé une jeune Chinoise ?

Pour la première fois, le ton d'Annabel était amer.

— Oh ! je sais qu'il était faible. Il a laissé le temps passer..., dit Sally Bremer.

Une idée la frappa soudain.

— L'argent qu'il avait laissé a dû bientôt s'épuiser. En a-t-il envoyé d'autre ?

— Oh ! oui.

L'amertume de la voix s'accentuait.

— Assez d'argent pour que ma mère achète l'opium qui a fini par la tuer. Elle y a eu recours quand elle a su qu'il s'était marié de nouveau.

Madame Bremer se cacha le visage dans les mains. La jeune fille la regardait avec calme. Elle releva enfin la tête.

— Quand je l'ai épousé, dit-elle, je ne me doutais pas qu'il fût déjà marié. Vous devez croire cela.

— Oui. Maintenant que je vous ai vue, je peux le croire.

— Je pense que Jack a fini par se persuader que

votre mère était morte. Il ne m'a rencontrée que plus tard. Je l'aimais... mais je sais qu'il était ce genre d'homme capable de croire tout ce qui l'arrangeait.

— Vous avez vécu avec lui à cet endroit qui s'appelle Lycett, je crois ? L'argent que recevait ma mère venait de là.

— Ses parents habitaient cette maison à cette époque. Il était obligé de vivre dans le Sud, comme directeur de l'affaire à Londres.

— Quand vous a-t-il dit... ?

— Seulement au moment de sa mort. Cela a été pour moi un choc terrible. Il venait d'hériter de cette maison... Je suis venue y vivre après mon veuvage.

— Naturellement, dit Annabel.

Elle parlait comme si elle énonçait une évidence.

— Près de Londres, vous risquiez de rencontrer quelque personne ayant des rapports avec l'Orient, un des vieux amis de mon père, peut-être, au courant de l'histoire. Ici, vous étiez plus en sécurité, protégée par le standing de sa famille et par la société d'une petite ville.

Il y eut un silence. Ce qui venait de se dire demeurait dans l'atmosphère entre les deux femmes. Le Cupidon de marbre les fixait de ses yeux sans regard tout en jouant, insouciant, avec une branche fleurie. Sally, généreuse et confiante de nature, luttait contre l'impression d'être menacée. Elle se tourna à-demi vers le petit secrétaire, cherchant son carnet de chèques dans un des casiers.

— Permettez-moi de vous aider autant que je le pourrai, dit-elle. Vous y avez droit, étant donné que Jack n'a rien prévu...

— Merci.

— J'aimerais vous donner un chèque tout de suite, pour vous permettre de reprendre pied. Ou peut-être une pension régulière.

— Je sais déjà ce que je vous demanderai.

Il n'y avait plus d'incertitude. La voix exigeait soudain et cela irrita Sally tout à coup ; elle répondit sèchement :

— Vous et votre mère avez subi un grand dommage, je le sais, dit-elle, et je veux réparer. Mais c'est à moi de fixer la somme !

— Non, c'est à moi. Je n'ai qu'à aller voir un avocat, lui montrer ce certificat et exprimer une revendication. Même si je n'obtiens pas tout ce que je veux, ce ne sera pas agréable pour vous que toute l'affaire soit publiquement révélée.

Cette effronterie fit perdre le souffle à Sally. Elle laissa tomber le carnet de chèques sur le buvard.

— Comment osez-vous ? s'exclama-t-elle.

— Vous parlez ainsi ? Parce que vous avez peur, dit tranquillement la jeune fille. Mais vous n'avez pas besoin d'avoir peur. Je vous promets solennellement de ne jamais dire un mot. Je vous demande seulement de m'aider à m'établir dans le métier que j'ai appris. Il faut un capital pour s'établir.

Si c'était tout ce qu'elle voulait, c'était raisonnable.

— Je peux vous aider en cela, naturellement. De quel métier s'agit-il ?

— Ma mère cousait merveilleusement. Elle faisait des robes et des chapeaux pour les dames de la colonie anglaise. Elle m'a enseigné à l'aider. Mais ce que je préfère, c'est confectionner des chapeaux. Les plumes... les fleurs... les mousselines...

Elle fit un geste des mains.

— J'adore manipuler tout cela.

— Une modiste.

Madame Bremer adorait les chapeaux, elle aussi. Elle éprouva un soudain plaisir à l'idée des créations aériennes d'Annabel. Pas à Failford, naturellement. Le plus loin de la ville serait le mieux. La jeune personne pouvait fort bien se lier d'amitié avec une cliente, laisser échapper un mot... Non, quelque part en Angleterre, plutôt au Sud, et pas du côté de Lycett non plus. Sally avait encore des amies à Lycett. Peut-être un faubourg de Londres...

— Si vous êtes une habile modiste, et je suis convaincue que tel est le cas...

C'était l'animation momentanée d'Annabel, ses mains sensibles et délicates qui lui donnaient cette certitude.

— ... vous seriez mieux près de Londres. Les fournitures y seront moins chères et vous connaîtrez plus vite la dernière mode. Pas Londres même, évidemment, ajouta Sally, se souvenant du prix des loyers dans la capitale, mais dans un agréable faubourg, où les femmes élégantes pourront venir vous voir.

Mais Annabel secouait la tête. Le cœur plein d'angoisse, Sally l'entendit déclarer d'un ton ferme :

— Merci. Je préfère demeurer ici.

— Ici ?

— J'ai déjà vu un petit magasin qui serait parfait, avec un logement au-dessus. Il est situé dans la rue de l'Ancre, près du port. Ce n'est pas un quartier chic, je sais, mais c'est tout ce que j'ai trouvé.

— Ici, à Failford ?

La jeune fille hocha la tête.

— Mais... ce n'est pas une ville élégante ! Vous

ne gagnerez pas moitié autant que ce que vous
gagneriez à Londres !

— Si, excusez-moi. Si je vais près de Londres,
je n'y connaîtrai personne, je n'aurai personne pour
me lancer et je n'aurai pas de travail. Ici, avec vous
pour me recommander, j'aurai tout ce que je vou-
drai.

Ce n'était qu'un prétexte pour rester sur place,
exiger de l'argent chaque fois qu'elle en aurait
envie. La seule idée de la jeune fille, sachant ce
qu'elle savait, fournissant des chapeaux aux amies
de Sally, glaçait littéralement celle-ci. C'était impossible.

— Ecoutez-moi, dit-elle d'une voix aussi ferme
qu'elle put la prendre, je vous promets de vous
acheter un commerce, mais il faut que ce soit près
de Londres. Peut-être pourrions-nous trouver une
association avec une modiste ayant déjà une bonne
clientèle. On peut mettre des annonces. Mais je ne
veux pas vous avoir ici, à ma porte. Comprenez-
vous ?

Annabel hocha la tête.

— Oui, je comprends. Vous pensez qu'un jour
je pourrais tout raconter à quelqu'un. Mais pourquoi le ferais-je ? Si je parle, je suis obligée de
montrer ce certificat, et je perds immédiatement votre
protection. A partir de ce moment, vous ne me devez
plus rien.

Sally avait mal à la tête. Le choc avait été trop
violent. Elle n'avait plus la force de lutter. Annabel
le sentit. Elle se leva et dit avec douceur, presque
avec sollicitude :

— Je vais vous laisser maintenant. Je suis désolée
de tout cela. Voici une note sur le prix du loyer du
magasin pour un trimestre, et une somme pour les

meubles et les fournitures. Quand vous ferez le chèque, je m'appellerai ici Annabel Smith, c'est mieux pour vous.

Muette, Sally prit le papier et le compte bien en ordre, inscrivit le total sur un chèque et le lui tendit. Annabel le plia et le mit soigneusement dans son sac, puis elle ouvrit la porte du boudoir et s'effaça pour laisser passer la maîtresse de maison.

La porte du vestibule était déjà fermée et verrouillée pour la nuit : ce fut Annabel, qui pour éviter cette peine à Sally, poussa les verrous, ouvrit, dit bonsoir et sortit.

Sally demeura quelques minutes sur le perron, regardant s'éloigner la mince silhouette dans l'ombre de l'avenue. Elle n'avait plus la force de remuer.

La visite de la jeune fille semblait l'avoir épuisée physiquement, et avoir paralysé son cerveau. Le silence de la nuit calme fut soudain rompu par le cri de la chouette en chasse dans le hêtre pourpre près de la grille. Elle quitta sa branche et vola au-dessus de l'avenue dans le sillage d'Annabel.

CHAPITRE V

Les sabots des chevaux martelaient le sol. Charles conduisait la charrette où avaient pris place Olive et les enfants. Il allait acheter de l'avoine à un fermier des environs et il laisserait la jeune fille et ses neveux à proximité du Château Gowdie.

— Verrons-nous la salle où le méchant lord Gowdie faisait rôtir ses prisonniers ? demanda Alan.

— Ne pourrais-tu lui apprendre à être moins sanguinaire ? demanda Charles à sa sœur avec colère.

Olive ne répondit pas. Qu'arrivait-il à Charles, ces temps-ci ? D'habitude, il avait bon caractère et maintenant, il se fâchait pour un rien. Il n'aurait pas emmené les enfants aujourd'hui si Evelyne, fatiguée des supplications des petits, n'avait insisté.

— Papa, verrons-nous la salle où...

— Tais-toi !

— Il n'y a pas de plafonds aux salles, dit Jenny.

Alors, ce ne sont pas de vraies salles, n'est-ce pas,
Tante Olive ?

— Pourquoi le père de Granny faisait-il rôtir les
prisonniers ?

— Pas le père de Granny, Alan. Son arrière,
arrière, arrière-grand-père, et même plus loin encore.
Un homme refusait de lui donner la terre qu'il voulait, alors... oui, j'en ai peur, il l'a fait rôtir jusqu'à
ce que l'autre accepte.

— Ah... ?

La charrette atteignait l'extrémité du terrain de
golf. Elle s'engagea sur la route qui suivait la
côte. A quelques milles de la ville, Charles arrêta les
chevaux.

— Voilà le sentier, dit-il. On ne voit pas la tour
d'ici, elle est de l'autre côté de l'éminence. Je
repasserai ici dans une heure et je vous reprendrai.

Olive et ses neveux partirent à travers champs.
Le fermier, sur les terres duquel se dressaient les
ruines, les considérait comme une gêne et il ne
faisait rien pour les protéger, se bornant à les entou-
rer de fils de fer barbelés pour empêcher les bestiaux
de s'en approcher.

— Si cet homme vous reproche de pénétrer sur
son domaine, avait dit Mme Cathcart, tu n'as qu'à
dire ton nom : cela suffira.

— Je crains que nous ne nous soyons trompés
de chemin, dit Jenny.

Alan qui courait en avant se retourna en criant,
du haut de la montée :

— Le voilà !

Lorsqu'Olive et la petite fille le rejoignirent, elles
virent la tour en ruine un peu au-dessous d'elles,
avec la mer de l'autre côté. Les fenêtres vides étaient
tournées vers l'Irlande. L'ombre de Château Gowdie

s'étalait sur l'herbe, au sommet de la falaise, et Alan courait déjà en avant. Olive suivit, anxieuse : on disait que la tour devrait être démolie, elle devenait dangereuse, menaçant de s'écrouler. Cette seule idée mettait sa mère hors d'elle.

La longue jupe de la jeune fille balayait l'herbe : elle courut vers la zone d'ombre qui déjà avait englouti le petit garçon. Des tas de pierres tombées des ruines encombraient les restes de la cour : l'entrée était barricadée par du fil de fer barbelé, mais il était facile de passer entre les fils, ce qu'Alan avait déjà fait. Une mouette s'envola en criant.

— Alan ! Reviens ! cria Olive.

Jenny, prudente, restait près de sa tante. Elles levèrent les yeux vers la tour et virent le petit garçon qui les regardait du haut d'une des ouvertures.

— Descends tout de suite ! lui cria Olive. C'est dangereux de monter là-haut !

— Non, ce n'est pas dangereux. Il y a un escalier. D'autres gens sont venus : il y a des boîtes qui restent d'un pique-nique.

La tête de l'enfant disparut pour reparaître à une fenêtre située plus haut dans la tour. Alan ouvrait et fermait la bouche, il devait crier quelque chose, mais le vent emportait ses paroles. Olive s'élança vers l'entrée de la tour : elle dut se baisser pour franchir les gravats qui surélevaient le sol.

Jenny hésita, puis la curiosité domina en elle la prudence et elle suivit sa tante. Elles se retrouvèrent dans une salle sombre, voûtée, munie d'une vaste cheminée. Jenny s'en approcha.

— Crois-tu que c'est là que...

Mais Olive avait déjà trouvé les marches qui conduisaient de cette salle à l'étage supérieur : elles paraissaient suffisamment solides. Elle en com-

mença l'ascension, criant à Jenny de se tenir contre
le mur. L'escalier, très étroit, pouvait être aisément
défendu par quelques hommes d'armes contre des
ennemis. A mesure qu'il s'élevait, la clarté augmen-
tait et l'atmosphère devenait moins étouffée. La
jeune fille et l'enfant arrivèrent enfin à la salle d'où
Alan les avait regardées par la fenêtre, mais elle
était vide. La lumière du jour s'y déversait directement du ciel.

— Le toit s'est écroulé ! dit Jenny avec effroi.

Les murs s'élevaient vers un étage supérieur.
Olive appela :

— Alan ! Reviens !

La voix du petit garçon descendit vers elle.

— Montez ! L'escalier est très solide et on voit
jusqu'en Irlande !

Ce n'était plus un véritable escalier, mais des
marches taillées dans la muraille. Olive s'y engagea,
Jenny la suivant de près ; ni l'une, ni l'autre n'osait
regarder en arrière. Elles arrivèrent enfin au seuil
de la salle la plus élevée. Alan regardait par une
des fenêtres.

— Vous avez vu la grande cheminée en bas ?
Celle où...

— On ne peut pas voir l'Irlande, dit Jenny en
rejoignant son frère. C'est un nuage.

Elle n'avait pas envie de penser à ce qui s'était
passé en bas.

— L'Irlande est derrière le nuage.

Un petit tas de sacs de papier et de boîtes, prou-
vant qu'on avait récemment pique-niqué là, rassura
Olive. Elle regarda au dehors, elle aussi, et remarqua
qu'un vent violent soufflait, alors qu'en bas, l'atmosphère semblait calme. La mer était unie, avec
une simple frange d'écume blanche ici et là. Sur la

droite, la ville semblait lointaine et minuscule, la flèche de l'Hôtel de Ville piquant le ciel comme une aiguille. Le Green avait l'air d'un foulard vert émeraude et le phare, à l'extrémité du port, ressemblait à un pion d'échecs. Un grand silence régnait, rompu seulement par une sorte de battement régulier apporté par le vent.

— Je sais, dit Alan, tendant l'oreille. C'est les prisonniers qui battent les tapis.

La prison se dressait derrière les bâtiments publics. Tous les habitants de Failford envoyaient là battre leurs tapis au printemps : ils leur étaient restitués bien propres. Les promeneurs du Green étaient si habitués à ce bruit qu'ils ne l'entendaient même plus. Ici, bien qu'il fût beaucoup plus faible, il prenait un son sinistre.

Jenny regardait la côte. Ce fut elle qui, la première, vit l'homme qui se promenait dans les rochers.

De là, il paraissait tout petit. Il avait la tête baissée et était vêtu d'un vieux blazer et d'un pantalon roulé jusqu'à ses genoux : il avait l'air de chercher quelque chose dans les flaques. Ses chaussures, attachées par les lacets, pendaient à son épaule.

— Ohé ! cria Alan, mettant ses mains en porte-voix.

— Ohé à vous ! répondit l'homme en levant les yeux.

On ne distinguait pas son visage, mais il avait l'accent anglais.

— Je vais aller lui parler, dit Alan.

Olive se pencha pour regarder l'homme : sa tête dépassait tout juste l'embrasure de la fenêtre, et le vent, aussi facilement qu'une main, lui arracha son chapeau qui tomba en planant, les rubans flottants, le long de la falaise pour finalement disparaître.

— Oh ! s'exclama Jenny consternée. Ton chapeau neuf ! Mais tu n'aurais pas dû le mettre pour venir ici : Granny te l'a dit !

Impossible d'expliquer à l'enfant pourquoi elle avait mis son chapeau neuf. Oui, sa mère lui avait dit cela. Le soleil et le vent l'abîmeraient, affirmait-elle. Mais pour quelle raison préserver ce chapeau ? Olive l'avait mis, espérant à demi qu'il lui arriverait quelque chose. Mais pas qu'il disparaîtrait tout à fait.

— Viens ! cria Jenny. Il est peut-être tombé dans les rochers.

Elles descendirent vivement et, laissant la vieille tour derrière elles, elles s'avancèrent vers le bord de la falaise. On distinguait encore par endroits l'ancien sentier. Olive s'approcha aussi près du bord que possible pour regarder les rochers tout en bas.

L'homme se trouvait là. Il leva la tête et cria soudain :

— Partez de là... !

Il gesticulait violemment.

— Et puis non, restez où vous êtes, petit imbécile !

— Il est très impoli ! dit Jenny indignée.

Mais Olive comprit qu'il ne s'adressait pas à elles ; il regardait un point, plus bas, au flanc de la falaise. Elle se pencha et regarda le rocher avec ses fissures et ses saillies, le petit sentier qu'on voyait encore de loin en loin, puis que la chute de rochers avait recouvert.

A mi-hauteur, blême, Alan leva la tête vers la jeune fille, réussissant à tenir en équilibre en se

cramponnant à un buisson qui poussait entre deux
saillies rocheuses.

Horrifiée, Jenny constatait que l'homme ne se
pressait guère puisqu'il prenait le temps de remettre
ses chaussettes et ses chaussures. Olive remarquait
autre chose : le buisson auquel Alan se retenait était
terriblement grêle. Quand ses racines lâcheraient-
elles ?

— Tiens bon, gamin ! Je viens.

L'homme se mit à grimper le long de la paroi.
On entendait ses souliers gratter la pierre. Il n'essaya pas de prendre pied sur la même petite corni-
che qu'Alan, mais monta un peu plus haut, puis il
tendit un bras et soutint l'enfant, délivrant le buisson
d'une partie de son poids.

— Là. Monte, petit. Suis ton bon oncle. Ne
descends pas. Monte.

Olive ferma les yeux, incapable de regarder, mais
Jenny vit avec intérêt son frère, reprenant courage,
se hisser jusqu'au sentier qui s'était traîtreusement
dérobé sous lui tout à l'heure. Elle ne put s'empêcher de penser que le spectacle aurait été encore
plus interessant s'il avait lâché le buisson..., mais
c'était tout de même son frère.

L'homme et l'enfant franchirent le faîte de la
montée et atterrirent aux pieds d'Olive. L'homme
se releva le premier.

— Maintenant, vous pouvez le secouer d'importance ! dit-il en souriant à la jeune fille. Ça vous
fera du bien.

Il reprit son sérieux et ajouta très vite :

— Asseyez-vous, on dirait que vous allez vous
évanouir !

Olive se laissa choir sur l'herbe. Le soleil fit
briller ses cheveux comme de l'or et Jenny pensa

qu'elle était bien plus jolie sans chapeau, même si le sien était neuf et avait coûté cher.

— Il est allé vers la mer, dit Alan, pensant la même chose que sa sœur.

Il était remis de ses émotions, mais il préférait penser au chapeau planant comme un cerf-volant plutôt qu'à ce buisson qui cédait peu à peu sous sa main...

— Ah ! oui, le chapeau, dit l'homme. Je regrette de n'avoir pas pu vous le sauver. Le vent l'a emporté trop haut au-dessus de ma tête.

— Cela ne fait rien, dit Olive.

L'homme s'assit sur l'herbe à côté d'elle. Il était amical et naturel ; ses vêtements semblaient au dernier point de l'usure, mais Olive était contente qu'il restât là, sa présence l'apaisait singulièrement.

— On devrait mettre des garde-fous, dit-il. Je n'aime guère ces vieux vestiges croulants.

— On dit qu'il n'y a pas de danger, dit Olive, se sentant en faute pour avoir amené les enfants dans ce lieu dangereux.

Il comprit ce qu'elle pensait.

— Ne vous faites pas de reproches, dit-il, et ne grondez pas le petit : la vie ne vaut pas la peine d'être vécue si on ne se permet pas d'exister.

— Vous croyez ?

— J'ai toujours suivi ce principe. J'ai un oncle qui possède une épicerie et il voulait que je travaille pour lui. Il disait que ce serait un emploi sûr, et la boutique serait peut-être à moi pour finir. Mais j'ai pensé qu'il y avait des choses plus intéressantes à faire et je suis venu ici pour la saison. Et voyez ce qui s'est passé ! Je viens chercher des anémones et des coquillages dans les rochers et je trouve un garçon accroché à la falaise et une jeune dame sur

le haut de la falaise en question ! Croyez-vous que
j'aurais vu ça dans l'épicerie de mon oncle ?

— Comment vous appelez-vous ? demanda Olive
en riant.

— Bob Crowther. Puis-je vous demander votre
nom à vous ?

— Bien sûr. Mon nom est Olive Cathcart.

— Mademoiselle Cathcart, dit-il jetant un regard
sur sa main sans bague. Et je ne vous demande pas
quel est votre travail.

— Pourquoi ?

— Parce que les jeunes dames comme vous ne
travaillent pas.

Il parlait sans acrimonie, mais elle se sentit
gênée. Ils s'entendaient si bien et voilà qu'il dressait
une barrière entre eux.

— Je travaille, dit-elle. Je suis... une gouvernante.

Il éclata de rire.

— Oui, vous donnez des leçons à ces marmots
et vous les emmenez promener pour en débarrasser
leurs parents.

Il avait un visage de clown, pensa soudain Olive.
Il pouvait lui faire exprimer n'importe quel sentiment. Mais il était bon, cela se sentait derrière ses
grimaces.

— Nous ne nous reverrons probablement pas,
disait-il. Nous appartenons à des mondes différents.
Mais ne travaillez pas dans une épicerie, ou vous
êtes perdue. Je pense que vous comprenez ?

Sa nostalgie se voyait-elle si clairement ?

— Je... j'irai peut-être en Australie, dit-elle.

— Alors, qu'attendez-vous pour partir ?

Les enfants s'éloignaient. Il aida Olive à se rele-
ver. Elle lui tendit la main.

— Je comprends ce que vous vouliez dire, dit-elle. Je suis heureuse de vous avoir rencontré. Et je vous remercie.

Ils se serrèrent la main et elle partit, mais elle sentait qu'il la suivait des yeux. Elle finit par se retourner. Il était toujours là. Un petit homme très ordinaire. Elle lui fit un geste de la main et il mit ses mains en porte-voix pour lui crier :

— Allez en Australie !

Mais elle savait bien qu'elle n'irait pas. Finalement, sa mère n'en avait pas envie.

Il faisait un temps maussade ce jour-là et l'humeur de Charles Cathcart s'en ressentait. Il posa son journal.

— Mère a dû envoyer cette lettre par le bateau le plus lent, grogna-t-il. Combien de temps me faudra-t-il attendre ?

— Même un bateau rapide n'aurait pu atteindre déjà l'Australie ! observa doucement Evelyne.

Jenny entra en trombe.

— Maman, ne pourrions-nous rester à lire dans la maison au lieu de sortir dans le vent ? demanda-t-elle.

— Pour l'amour du ciel, débarrasse-moi des enfants ! dit Charles.

Evelyne passa vivement dans le vestibule. Alan voulait bien aller se promener comme de coutume mais cela assommait sa sœur. Leur mère allait dire oui, par lassitude, quand Nana parut, sévère et prête à sortir.

— Alan, dit-elle, je vous ai dit de mettre vos chaussures. Jenny, pourquoi n'êtes-vous pas habillée ?

— Je pensais, dit timidement Evelyne, avec ce vent, et Alan qui prend froid si facilement, que peut-être...

Mais Evelyne avait toujours peur que Nana ne rende son tablier. Elle prétendait qu'elle restait parce que le climat lui convenait, mais sa véritable raison était qu'elle faisait chez les Cathcart tout ce qu'elle voulait. Cet après-midi, elle avait rendez-vous sur la plage avec une autre nurse de ses amies.

— Il n'y a rien de meilleur qu'une bonne brise pour les fortifier, Madame, dit-elle. Je peux les ramener un peu plus tôt.

Le vent d'ouest grondait dans les rues, agitant follement les branches des arbres. Les enfants marchèrent tête baissée, ne voyant que le pavé, puis l'herbe du Green, et enfin le sol de l'esplanade au-delà. La marée était haute et arrivait presque au bas du parapet. On l'entendait battre les pierres. Il pourrait être amusant de descendre sur l'étroite bande de sable mouillé... Malheureusement, les petits n'avaient pas leurs pelles.

Déjà, Nana en avait assez du vent. Elle les entraîna vers l'abri en forme de pagode où Nurse Cameron et le bébé Pringle devaient s'être réfugiés. En effet, ils y étaient. Alan et Jenny regardèrent d'un air dégoûté le bébé Pringle, ou tout au moins ce qu'on en voyait au fond de son landau. On faisait tellement d'histoires pour lui !

— Pouvons-nous aller un peu plus loin sur l'esplanade ? demanda Jenny. Je suis sûre que le vent nous fait beaucoup de bien.

Cela convenait à Nana. Elle ne souhaitait pas que de petites oreilles curieuses écoutent les commérages.

— Très bien, dit-elle, mais n'allez pas plus loin que la prison, surtout.

La prison se dressait à l'extrémité du Green, face à la mer. Elle était cachée derrière une haute muraille, coupée au milieu par une grande porte fermée. C'était par là, jadis, qu'on faisait sortir les condamnés pour les pendre sur le Green. Autour de la porte, les pierres et le ciment étaient de couleur différente du reste du mur et quelqu'un, étourdiment, avait dit un jour aux enfants la raison de cette différence. Jenny n'y pensait plus depuis longtemps, mais Alan, doué de plus d'imagination, n'aimait pas passer là.

Aujourd'hui, le bruit du battage des tapis était plus fort que d'habitude. Alan avait envie de retourner à la pagode, mais Jenny l'entraîna.

— Nous n'allons pas rester là à écouter leurs bêtises ! dit la petite fille. Et le bébé Pringle se réveillera et criera.

— Voilà le capitaine ! s'écria Alan, oubliant la prison.

Le capitaine Milligan venait lentement à eux, sa canne résonnant sur les dalles de l'esplanade.

— Le temps se gâte ! dit-il quand il fut près des enfants.

— Est-ce la fin de l'été ? demanda Alan, effrayé.

— Non, les beaux jours reviendront. Allons nous asseoir sur ce banc, nous discuterons la question

Il était visiblement content de s'asseoir.

— Je pense que vous n'êtes plus aussi jeune que vous l'avez été, dit Jenny compatissante. C'est ce que Nana dit des gens comme vous.

Le capitaine mit ses deux mains sur le pommeau de sa canne.

— Si je n'avais pas été jeune, dit-il, je n'aurais

pas tant de souvenirs. J'ai vu bien des choses étranges.

Les petits dressèrent l'oreille. Il allait raconter une histoire.

— Parlez-nous de la canne, dit Jenny. Quand vous l'avez vue sur le sol de marbre.

— Je vous ai déjà raconté souvent cette histoire-là.

— Mais vous vous rappelez plus de choses chaque fois. Plus de choses autour de la canne !

— Ces battements derrière le mur, dit le capitaine. Ils me font souvenir des coups de gong.

— Les gongs que les Chinois frappent pour faire peur aux gens ?

— Oui, dit le capitaine, et ceux des soldats tartares. C'était la meilleure troupe de l'Empereur, des gens féroces... mais que pouvaient-ils contre les canons de nos vaisseaux de guerre ?

— Et vous êtes allé à terre et vous les avez entendus.

— Je n'étais qu'un gamin, mais je voulais y aller. J'ai vu la charge des Tartares : de petits hommes en armures comme les chevaliers de l'ancien temps. J'étais derrière un arbre et j'ai vu nos canons les abattre. Mais ils revenaient quand même sur leurs poneys à grosses pattes.

— Et puis vous avez vu le Palais d'été, sans personne dedans parce que l'Empereur s'était sauvé.

— Ouais... mais c'était deux jours plus tard. Ce n'était pas un seul palais, mais des douzaines, peut-être cent palais de marbre, dorés et tout brillants !

— Avec des troupeaux de cerfs...

— Et des canaux pour alimenter les lacs.

— Et sur un lac, cria Alan très excité, un bateau de marbre !

Le capitaine hocha la tête.

— Il ne pouvait pas flotter, dit-il. Le fils de l'Empereur commandait de là ses petits bateaux.

— On ne peut pas brûler du marbre, n'est-ce pas ? dit Jenny.

— Laisse-le parler ! dit impatiemment Alan. Il est entré dans le palais de l'Empereur, et les soldats tiraient pour rire sur les lustres.

— Ouais... et par terre, il y avait tout plein de verre cassé de sorte qu'on ne savait plus où était le verre et où étaient les diamants. Parce qu'ils avaient pillé le trésor de l'Empereur. Des diamants gros comme des œufs de pigeons. Et des perles. Avez-vous vu des perles noires ?

— Qu'est-ce que c'est, « piller » ? demanda Alan qui ne s'intéressait pas aux joyaux.

Le capitaine hésita un instant.

— Eh bien, à dire vrai, c'est prendre ce qui ne vous appartient pas. Mais on peut dire que c'était une punition pour les Chinois qui refusaient d'acheter notre bon opium.

Le capitaine se leva, gêné soudain.

— Pas la peine de rester là pour rattraper mon rhumatisme à l'épaule. Et voilà votre nurse qui vient vous chercher.

Le capitaine repartit en direction du port, mais il avait encore dans la tête les histoires que racontaient de vieux soldats sur la guerre de l'opium. Il les répétait comme s'il y avait participé, elles paraissaient tellement plus vraies ! Les enfants ne se poseraient pas, avant des années, de questions sur la part qu'il y avait réellement prise. La canne d'ébène n'était-elle pas une preuve indiscutable ? La canne trouvée aux pieds du mandarin mort, dans sa robe de soie jaune, sa longue main jaune ayant lâché le pommeau ?

Le capitaine s'en fut vers sa maison. C'était par des jours gris comme celui-là qu'il souffrait le plus de ne pas trouver Gladys en rentrant chez lui. Certes, Mme Macdonald aurait eu le bon sens d'allumer le feu bien qu'on fût au milieu de l'été, et elle aurait préparé du bon thé chaud, mais il n'y aurait pas d'agréable conversation pour lui effacer le passé de la tête ; Mme Macdonald préférait demeurer seule dans sa cuisine et le servir cérémonieusement dans le petit salon.

Regardant sa montre. il constata qu'il était un peu tôt pour le thé et décida de faire un détour par la rue de l'Ancre. Au milieu de la rue, il remarqua soudain que la librairie poussiéreuse qui avait récemment fermé avait été repeinte. Les fenêtres du logement situé au-dessus étaient pourvues de rideaux propres. Derrière la vitrine, un écran de soie empêchait les curieux de voir l'intérieur du magasin sur le haut duquel il vit, peint de frais, un simple nom : ANNABEL.

A cet instant, l'écran s'écarta et une main apparut, tenant un porte-chapeau coiffé d'une jolie toque de plumes de faisan. Au-dessus du chapeau il vit un visage connu. Impulsivement, le capitaine ouvrit la porte et entra dans la boutique.

— Ainsi, dit-il, c'est là que vous êtes.

— Peut-être aurais-je dû vous avertir après que vous ayez été si bon pour moi, dit la jeune fille, mais j'ai pensé qu'en passant par ici, vous verriez mon nom et que vous viendriez me voir.

Elle avait répondu avec aisance, probablement par politesse. Le capitaine pensa qu'il avait vu ses pareilles bien souvent en Orient. Elles tiraient de

vous ce qu'elles pouvaient, et n'y songeaient plus.
Il regarda autour de lui. Le comptoir avait disparu.
des étagères s'alignaient jusqu'à mi-hauteur des
murs, garnies de pièces de satin, de soieries et de
boîtes de carton. Annabel avait repris son travail,
assise à une table ; un moule à chapeau était placé
devant elle et elle le drapait de mousseline.

— Ainsi, vous faites des chapeaux ?

— Ne vous ai-je pas dit que j'avais appris la
mode ?

— Peut-être. Je ne m'en souviens pas. Pour qui
travaillez-vous ?

— Pour personne. L'affaire m'appartient.

De nouveau, le capitaine regarda autour de lui.
Il y avait par terre un tapis de bonne qualité et
un grand miroir cher était fixé à un mur, avec une
chaise devant. Le logement, au-dessus, devait être
meublé aussi si elle y habitait, ce qu'il supposait.

— Avez-vous loué toute la maison ? demanda-
t-il.

Annabel fronça légèrement les sourcils.

— Oui, dit-elle. Permettez-moi de vous offrir
un verre de vin en retour du dîner que vous m'avez
donné ce soir-là...

Le capitaine se rappelait ce qui s'était dit ce
fameux soir.

— Vous avez dit au capitaine Meikle que vous
aviez des amis ici. A moi, vous avez dit le contraire.
Où est la vérité ?

— Pourquoi pensez-vous que je vous ai menti ?

— Il faut de l'argent pour monter une affaire,
pour payer un loyer. Vous avez donc trouvé quelqu'un pour vous commanditer. Je m'en réjouis pour
vous. Mais quand vous aviez débarqué, vous vouliez
vous loger au meilleur marché possible.

— J'ai été obligée de mentir au capitaine Meikle, sans quoi il ne m'aurait pas emmenée ici, mais à vous, je n'ai pas menti. Je ne connaissais personne à Failford. Mais j'avais une adresse.

— Et la personne de l'adresse s'est suffisamment intéressée à vous pour vous prêter de l'argent ?

— C'est cela.

Annabel se remit à travailler. Elle ajouta sans lever les yeux :

— J'ai déjà beaucoup de travail. J'ai plusieurs riches clientes qui me recommandent à leurs amies.

Le capitaine était trop malin pour lui demander qui lui avait prêté de l'argent : elle n'aurait rien dit, ou aurait menti. Il la regarda travailler un moment.

— Vous devriez être bien payée pour le chapeau que vous commencez là, dit-il. Tous ces yards d'étoffe... !

— Il est pour madame Jack Bremer. J'ai fait plusieurs chapeaux pour elle. Elle paie bien.

— Les femmes sont folles avec leurs chapeaux !

Le capitaine se dirigea vers la porte et sortit. La rue lui parut encore plus sombre que d'habitude. Il marcha lentement, cherchant à rappeler un souvenir. Quelque chose à propos de Mme Jack Bremer. Son nom éveillait un écho dans sa tête. Non qu'il y eût rien de mystérieux en ce qui la concernait : elle était libre et généreuse. Le genre à aider une jeune étrangère exilée de son pays.

Jack Bremer. Il avait entendu ce nom pour la première fois il y avait bien longtemps... dans un port d'Extrême-Orient. Il y avait une histoire à la clé. Mais quel genre d'histoire ? Il ne s'en souvenait plus.

CHAPITRE VI

Evelyne entendit Charles descendre sur la pointe des pieds ; il ne pouvait pas attendre le petit déjeuner pour savoir s'il y avait du courrier. Elle savait qu'elle aurait dû rester tranquille, mais toujours encline à dire ou à faire ce qu'il ne fallait pas, elle le suivit.

Il avait une carte postale à la main et l'air dégoûté.

— Tu seras heureuse d'apprendre qu'Eddie McCulloch trouve le Sphinx surfait, dit-il.

— Il ne parle pas de son retour ?

— Non, Dieu merci. Il dit seulement qu'ils passeront peut-être par l'Asie Mineure, comme saint Paul.

Ayant pris son parti de sa déception, car il n'y avait pas de lettre d'Australie dans la boîte, Charles remonta lourdement l'escalier.

Il faisait un superbe temps d'été. La porte d'entrée était ouverte pour permettre au soleil de réchauffer le vestibule. On entendait chanter les oiseaux dans le jardin. Au petit déjeuner, Charles ne mangea presque rien. Il avait décidé d'aller voir sa mère, et constamment, regardait l'heure.

— Olive est en retard, dit-il enfin. Elle est toujours ici à neuf heures. Je voudrais voir ma mère seule.

— As-tu oublié ? C'est l'anniversaire de Jenny. Il n'y a pas de leçons aujourd'hui.

— Alors... Olive sera chez elle et les choses seront encore plus difficiles.

— Tu t'affoles sans raison, mon pauvre ami. Dis simplement que tu veux parler en privé à ta mère, et Olive ne saura pas de quoi il s'agit.

Mais Olive était sortie de bonne heure, et finalement, Charles trouva sa mère seule. Elle faisait ses comptes en haut, dans le petit salon. Un regard jeté sur son fils la renseigna sur le but de sa visite, son impatience désespérée qui l'empêchait d'attendre la venue de sa mère et de sa sœur pour le dîner, le soir.

— Je n'ai pas de nouvelles de la cousine Susan, dit-elle. Ne sois pas trop pressé, il n'y a pas encore le temps voulu.

Il prit la photo de la cousine sur le secrétaire et tenta de lire, d'après son expression, ce que serait sa réponse. Mais c'était une photographie retouchée. On ne pouvait pas savoir.

— Tu es sûre qu'elle est si riche que cela ?

— Certes oui. Elle a des milliers d'hectares de pâturages, et elle peut payer des régisseurs pour toutes ses fermes.

— Dieu veuille qu'elle attache autant de prix que tu le dis à l'honneur de faire partie de la famille ! soupira Charles.

— Certains Américains passent leur temps à

écrire à lord Lyon, à Edimbourg, pour avoir des détails sur leurs ancêtres. Il me l'a dit.

— Les Australiens sont peut-être différents.

— Je suis contente que tu sois venu ce matin en l'absence d'Olive, dit Mme Cathcart. Je voulais te parler d'elle.

Elle changeait de conversation pour distraire son fils, bien que la nouvelle discussion ne fût pas très plaisante non plus.

— Elle est nerveuse... Elle s'ennuie. Je ne sais ce qui arrive aux jeunes, actuellement : ils sont incapables de se tenir tranquilles et de se marier comme nous le faisions. Elle voudrait quitter Failford. Elle voulait même...

Madame Cathcart hésita une seconde.

— Elle voulait que je demande à Cousine Susan de lui payer son voyage pour l'Australie où elle aurait été sa demoiselle de compagnie ! Naturellement, je n'ai pas voulu.

— Il ne faut pas qu'on nous prenne pour des mendiants !

— Et maintenant, elle veut aller à Londres, faire une visite à ses amis impossibles, les Morrison.

Charles écoutait à peine. Sa mère s'en aperçut.

— Evidemment, elle ne peut rencontrer personne d'acceptable chez ces gens. Espérons seulement qu'elle ne s'entichera pas de n'importe qui.

— Tu vas la laisser aller là ? demanda Charles, surpris.

— Après tout, elle est majeure, et apparemment, elle a mis de côté les petits chèques que tu lui donnes pour ses leçons aux enfants. Elle a cédé pour l'Australie quand je lui ai dit que je ne suis plus assez jeune pour tenir cette maison avec le peu d'aide que je peux m'offrir. Pour Londres, c'est différent. C'est beaucoup plus près.

— Oui ? Très bien.

Charles ne pensait plus à sa sœur mais à son lancinant souci. Sa mère était aussi angoissée que lui, sans le laisser voir.

— Il vaut mieux qu'Olive ne soit pas ici quand la réponse de Cousine Susan arrivera. Si jamais elle n'était pas favorable...

— Tu lui as bien expliqué les choses ?

— Bien entendu. J'ai joué le plus possible sur son orgueil de famille. Mais n'oublie pas, mon bien cher, qu'elle peut prendre le temps de réfléchir. Elle n'a peut-être pas répondu tout de suite.

*
**

Jenny avait réclamé pour son anniversaire un plaisir rituel : aller boire du chocolat chez Fleury dans la matinée. Fleury était une pâtisserie suisse où l'on servait du véritable chocolat suisse. Tout le monde défilait chez Fleury le matin. L'après-midi, les dames y recevaient leurs amies.

Après avoir choisi des gâteaux au comptoir, on poussait un rideau de reps rouge au fond du magasin et on entrait dans le salon de thé, une pièce triste et solennelle aux murs lambrissés d'acajou, où s'étalaient encore les photographies du prévôt et des magistrats de Failford au temps du jubilé de diamant de la reine. Au fond de la salle, sous un globe de verre, se dressait le château de sucre. Il avait été construit par M. Fleury jeune homme, comme preuve de son habileté de confiseur. Une plaque, sous le globe, indiquait qu'il avait gagné avec cette œuvre d'art une médaille d'or au congrès de Berne. Cela, et le chocolat liquide, représentaient tout ce qui était encore suisse dans la pâtisserie.

Les enfants de la ville adoraient le château de sucre. Ils demandaient à venir chez Fleury plus encore pour le château que pour le chocolat. Le château était en sucre rose et blanc, avec des tourelles et des balcons, et on imaginait facilement le Rhin écumant à son pied. Alan et Jenny lui jetèrent un regard affectueux avant de s'asseoir à une table.

— Un seul gâteau par tête ! avait dit Nana.

Les tasses arrivèrent, pleines du sombre liquide coiffé de crème fouettée. Il était si chaud qu'on ne pouvait pas le boire avant que la crème en fondant ne l'ait un peu refroidi. Comme d'habitude, Alan n'eut pas la patience d'attendre : il but une gorgée et se brûla la langue.

— Cela vous apprendra à être si gourmand ! dit Nana. Prenez votre mouchoir et essuyez votre bouche : vous avez des moustaches.

— Pourrons-nous aller au port ensuite, puisque c'est mon anniversaire ? demanda Jenny.

Nana secoua la tête.

— Non. Je pars pour Glasgow ce soir pour voir ma sœur pendant deux jours. J'ai quelques courses à faire. On ne peut pas arriver chez les gens les mains vides.

Jenny et Alan se regardèrent.

— Maman et Papa vont à Glasgow, eux aussi.

— En effet. Ils vont au théâtre.

— Et Jeannie est en vacances. Qui va nous garder ?

— La cuisinière sera là. Elle a invité à dîner l'ami de son neveu. Un très gentil garçon. Elle lui a parlé dimanche pendant que nous faisions notre promenade. Votre tante Olive viendra vous mettre au lit.

C'était dommage. Ils aimaient beaucoup leur tante Olive, mais auraient préféré faire ce qu'ils voudraient au lieu de se coucher.

Nana paya l'addition et ils sortirent de la pâtisserie.

La rue étroite tournait et virait comme un chemin de campagne, ce qu'elle avait été d'ailleurs. Des magasins la bordaient, des bazars pour la plupart, vendant des seaux et des pelles pour les enfants en vacances. Il y avait un marchand de fruits un peu plus loin.

— Je vais apporter à ma sœur un beau bouquet de bananes, annonça Nana. Elle adore les bananes. Voulez-vous entrer avec moi ou préférez-vous rester dehors ?

Ils aimaient mieux attendre dehors. Les gens passaient en les bousculant, pressés de rentrer chez eux pour déjeuner. De jolies charrettes roulaient en direction du terrain de golf et ce fut entre deux véhicules que les enfants virent le jeune homme de l'autre côté de la rue. Il sortait de chez le barbier.

— Regarde ! cria Alan. Voilà l'homme de la plage !

Le jeune homme laissa passer une voiture de ferme et traversa la rue pour rejoindre les enfants. Il avait l'air content de les voir. Le sourire lui fronçait le visage.

— Eh bien ! Etes-vous tombés je ne sais où, ces temps-ci ?

Ils rirent, comprenant qu'il les taquinait.

— Et comment va votre grande sœur ? Celle que vous appelez Olive ?

— Nous l'appelons Olive parce que nous l'aimons bien. Mais c'est notre tante.

— C'est vrai. J'avais oublié. En général, les tantes sont vieilles et laides.

— Olive est jolie ! protesta Jenny. Ne la trouvez-vous pas jolie ?

— Si, bien sûr. C'est pour cela que je ne pouvais croire...

Nana les interrompit en sortant du magasin avec un gros paquet de bananes dans un sac de papier brun.

— Bonjour, monsieur Crowther ! dit-elle. Vous avez de la chance de ne pas travailler le matin comme les autres !

Cela ressemblait à une plaisanterie pas très polie, mais le jeune homme la prit du bon côté.

— Qui voudrait travailler comme les autres ? demanda-t-il en faisant un clin d'œil à Alan.

— Bah ! Je sais bien que vous travaillez aussi dur que nous autres, mais à de drôles d'heures. N'oubliez pas que mademoiselle Murdoch compte sur vous pour le dîner ce soir.

Mademoiselle Murdoch n'était autre que Lizzie, la cuisinière de Bellshaw House.

— Pas de danger. Au revoir, les enfants. Soyez sages.

— Voilà un garçon bien, dit Nana en reprenant le chemin de la maison. Malgré sa profession.

— Qu'est-ce que c'est sa profession ? demanda Alan.

Mais Nana venait d'apercevoir Mme Macdonald, la gouvernante du capitaine, qui faisait le marché. La conversation ne reprit que plus tard.

— Quand retournera-t-il en Angleterre ? demanda Alan.

— A la fin de l'été, probablement.

— Pourquoi ?

— Parce qu'il n'est ici que pour la saison et qu'il vient d'Angleterre.

— Je suis contente de l'avoir revu, dit Jenny. Je n'aurais pas aimé ne pas le revoir.

Alan réfléchissait.

— Je l'ai déjà vu deux autres fois ! dit-il enfin.

— Le jour du château Gowdie. Et quand cela ?

— L'autre jour, en passant devant l'hôtel de la gare avec Olive, je l'ai vu sortir. Il avait un tablier blanc et il tenait un plateau.

— Tu inventes, dit Jenny.

— Non. Sur la plateau, il y avait des tas de bonnes choses pour les pigeons. Il a sifflé et les pigeons sont tous venus...

— Jamais de ma vie, je n'ai entendu autant de sottises ! dit Jenny, répétant une des phrases préférées de Nana.

Alan n'écoutait pas.

— Quand il nous a vus, il a retiré sa casquette.

— Qu'est-il arrivé au plateau ?

— Il s'est renversé et ce qu'il y avait dessus est tombé. Je... je crois qu'un chien est arrivé et a tout mangé. Et alors il a salué Olive comme M. Pringle quand il salue Maman, en se courbant en deux, et en disant...

— L'homme de la plage ne salue pas comme ça, dit Jenny. Il fait de petits saluts de la tête.

*
**

Evelyne avait persuadé Charles de l'emmener ce soir-là voir à Glasgow une pièce nouvelle, espérant le distraire. Il accepta parce que tout lui était indifférent tant qu'il n'avait pas reçu la réponse d'Australie. Olive vint faire dîner les enfants et les mettre au lit, Nana étant déjà partie pour voir sa sœur.

La maison semblait étrangement silencieuse. Jenny était contente de lire mais Alan s'énervait. Il entra en pyjama dans la chambre de sa sœur : il avait une main fermée et il mâchonnait quelque chose.

— Qu'est-ce que tu manges ? demanda Jenny.

— Des graines de pavots, comme dit le capitaine. Mais elles ne m'ont pas encore fait dormir et elles sont horriblement mauvaises.

— Tu ferais mieux de ne plus en manger. C'est peut-être du poison.

— Peut-être que ce n'est pas les pavots qu'il faut. J'ai pris les graines de ceux du jardin.

— Tu ferais mieux de les cracher, dit Jenny.

Alan alla à la fenêtre, se pencha et cracha, puis il répandit les graines qui lui restaient sur l'appui.

— Peut-être que les oiseaux vont les manger et que ça les fera dormir, dit-il. Moi, je ne peux pas. Et il fait grand jour.

— Non, c'est le soir, dit Jenny. Le ciel est tout rose.

Le petit garçon se pencha davantage. Il avait fait beau et chaud et le parfum des fleurs monta vers lui. Le bruit d'une porte qui s'ouvrait juste sous la fenêtre se fit entendre.

— Qui est-ce ? demanda Jenny.

— C'est Olive, naturellement. Il n'y a personne d'autre. Elle a la corbeille à fleurs et le sécateur.

Olive passa devant les rosiers. Les enfants entendirent le sécateur qui faisait son office. La jeune fille s'éloigna et finit par disparaître au fond du

jardin. Elle y resta si longtemps qu'Alan perdit
patience ; il allait retourner dans sa chambre quand
ses narines battirent.

— Quelqu'un fume une pipe ! dit-il.

Ils entendirent des pas sur le gravier, puis ce
fut le silence, le promeneur avait atteint la pelouse.

— Je sais, dit Jenny. C'est l'ami du neveu de la
cuisinière : Nana a dit qu'il venait dîner ce soir.

Alan se pencha tellement que les semelles de
ses pantoufles devinrent visibles.

— Non, dit-il. C'est l'homme de la plage.

— Tu ne penses qu'à lui depuis qu'il t'a sauvé
sur la falaise, dit Jenny. Ce n'est sûrement pas lui.
Je vais venir voir.

Elle rejetait drap et couverture quand Alan
intervint.

— Trop tard. Il est au fond du jardin. Il a vu
Olive qui était assise sur le banc... Elle s'est levée
si vite que toutes ses fleurs sont tombées de la corbeille...

— C'est comme l'histoire du plateau ! dit Jenny
dégoûtée en se renfonçant dans son lit.

— Il a l'air très content, reprit le petit garçon.
Ils sont assis l'un à côté de l'autre.

La petite fille ne répondit pas. Résolument, elle
reprit son livre, sans plus regarder Alan près de la
fenêtre. Voyant qu'il ne se passait rien, Alan finit
par regagner sa chambre. Il dormait quand la cuisinière ouvrit la porte de la cuisine et appela :

— Bob ? Venez dîner. C'est prêt.

Quand Olive monta, elle trouva son neveu
endormi ; elle se pencha et l'embrassa. Jenny tombait de sommeil mais elle ne cédait pas encore.
Elle ne savait plus très bien si elle avait rêvé qu'il
y avait un homme dans le jardin. Olive lui retira son

livre et borda son drap. Olive était très jolie ce soir, pensa l'enfant.

— Demain, c'est samedi ? demanda-t-elle.

— Oui, chérie. Pourquoi ?

— Parce que Nana a dit qu'elle ne serait pas là pour nous emmener voir les Pierrots.

Olive se penchait pour se regarder dans la glace au-dessus de la commode. Ce qu'elle vit dut lui plaire, car en se relevant et en se retournant, elle était plus jolie que jamais.

—Aimerais-tu que je vous y emmène ? demanda-t-elle.

***
***

Alan chantait à tue-tête en laçant ses chaussures. Charles ouvrit la porte de son bureau.

— Pas tant de bruit ! cria-t-il.

Olive descendait l'escalier.

— Ne peux-tu les emmener hors de la maison ?

— Nous sortons, Charles, dit la jeune fille.

Elle se demandait pourquoi son frère était si hargneux. De nouvelles dettes ? Pauvre Charles...

— Venez vite, dit-elle à ses neveux.

Le vent de mer soufflait bien qu'il fit chaud. Il dérangeait les souquenilles flottantes des Pierrots, les faisant paraître encore plus informes. Olive était assise entre les deux enfants. De temps à autre, ils lui jetaient un regard de biais pour voir si le spectacle lui plaisait, mais ils ne voyaient que son profil et c'était difficile de le savoir.

— Ah ! Celui-là est le meilleur ! C'est celui que je préfère ! s'exclama Alan soudain, saisissant la manche de la jeune fille.

Le Pierrot qui était placé au centre de l'arc de

cercle formé par ses compagnons commençait à
jouer de la mandoline posée sur ses genoux, chan-
tant en s'accompagnant. Il avait une agréable voix
de ténor et chantait facilement, la tête un peu de
côté, comme s'il se posait une question.

Chaque fois qu'il arrivait au refrain, Alan avait
l'impression qu'il tournait la tête un peu plus, dans
leur direction, pour les regarder tous les trois, qui
l'écoutaient si attentivement. C'était aimable et
flatteur, pensa le petit garçon. Jenny pensait la même
chose. Elle regretta presque que le refrain reprît
pour la dernière fois, et comme d'habitude, les
auditeurs le chantèrent aussi.

Les enfants auraient préféré que le Pierrot chante
tout seul. Tous ces gens qui chantaient à tue-tête
ne chantaient certes pas pour eux, comme le Pierrot
en donnait l'impression. A présent, c'était le moment
de la quête ; c'était toujours le soliste qui la faisait :
il arrachait tout à coup le chapeau de son voisin,
qui faisait semblant d'être furieux et chassait le
soliste de l'estrade. Le chanteur parcourait alors les
rangs des auditeurs en leur présentant le chapeau
pointu pour qu'ils y mettent des pièces de monnaie.

Olive se tenait toute droite sur sa chaise. Elle
aurait dû chercher de l'argent dans son porte-monnaie, mais elle ne le faisait pas. Jenny la poussa du
coude, mais elle ne fit pas attention. Le Pierrot
chanteur passait maintenant dans la rangée devant
eux, il les regardait, surtout Olive. Puis il arriva
une chose étrange : il passa directement à la rangée
derrière eux.

— Hé-là ! cria Alan. Vous nous oubliez !

Olive se leva brusquement.

— Venez, dit-elle. C'est fini. Partons avant la
foule.

Elle avait dû se rappeler qu'elle n'avait pas d'argent dans son porte-monnaie. Les enfants la suivirent docilement.

Ils avaient presque atteint l'extrémité du Green quand la jeune fille s'arrêta tout à coup.

— J'ai oublié mon programme sur ma chaise, dit-elle. Je voulais le garder pour Nana. Allez là où vous jouez d'habitude : je viendrai vous chercher.

C'est curieux comme les grandes personnes aiment les programmes. Nana regardait toujours le sien avec une extrême attention et Olive avait fait de même. Les petits avaient emporté leurs seaux et leurs pelles qu'ils avaient mis sous leurs chaises pendant la représentation. Ils allèrent à l'endroit indiqué par leur tante pendant qu'elle traversait le Green de nouveau.

Mais le sable, maintenant, était sec et coulait comme de la poudre. Alan, cependant, creusait avec application.

— Une fois, dit-il, j'ai trouvé une mouette morte. On peut trouver toutes sortes de choses en creusant : par exemple des cuillers à thé d'argent.

— Une mouette, c'est possible, dit Jenny, mais pas des cuillers, surtout si elles sont en argent.

— C'est vrai ! déclara le petit garçon.

Mais il ne regardait pas sa sœur et elle sut qu'elle avait deviné juste.

— Elles avaient des choses gravées dessus, reprit Alan. Des armes. Comme les nôtres. Je crois que c'étaient les mêmes.

— Oh ! Ne fais pas l'idiot ! dit la petite fille avec humeur. Elle regardait avec envie le sable proche de la mer, le sable bien ferme dans lequel il est amusant de creuser.

— Olive nous a dit de rester là, dit-elle, mais j'aimerais bien aller là-bas.

— Elle n'aime pas marcher sur le sable mouillé.

— Elle pourrait rester là et nous faire signe.

— Nous pourrons lui demander quand elle reviendra.

— Elle met bien longtemps à chercher son programme ! Tu devrais aller voir, dit Jenny. Et lui demander si nous pouvons.

— Vas-y toi-même.

— Je ne peux pas, j'ai du sable dans mes chaussures.

— Oh ! bon. J'y vais.

Jenny ne savait pas trop pourquoi elle ne voulait pas retourner près du kiosque. C'était peut-être à cause des chaises vides et du silence. De plus, il lui faudrait peut-être aider à chercher le programme. Quand Alan fut parti, elle s'assit sur le sable, les bras entourant ses genoux, à regarder le château Gowdie.

Certains jours, il avait l'air plus proche qu'à d'autres. Tout le monde disait qu'il finirait par tomber. Tomberait-il d'un seul coup, ou deviendrait-il de plus en plus petit, à mesure que ses pierres se détachaient et roulaient sur les rochers ?

— Elle a dit que nous pouvons aller sur le sable humide à condition de ne pas aller là où c'est vraiment mouillé.

Alan était revenu. Les enfants prirent leurs seaux et leurs pelles et les emportèrent plus près de l'eau.

— Elle n'avait pas encore trouvé son programme ?

— Je ne sais pas. Elle ne le cherchait pas.

— Que faisait-elle ?

— Elle était assise sur un banc et elle parlait à un Pierrot.

Cela ressemblait tellement aux histoires inventées par le petit garçon que Jenny ne se donna même pas la peine de répondre. Elle marchait dans le sable sec et atteignit enfin un endroit où il était assez ferme pour conserver l'empreinte de ses talons.

— Tu ne me crois pas pour le Pierrot ? demanda Alan.

Même quand il s'agissait des histoires les plus fantastiques, il n'était pas content quand on ne le croyait pas.

— Non, je ne te crois pas, dit Jenny.

— Je crois que c'est celui qui a chanté en dernier. Maintenant, je me rappelle : j'en suis sûr.

Jenny voulut voir jusqu'où il irait.

— Comment peux-tu savoir que c'était celui-là ? Ils sont tous pareils, avec des figures blanches et de grandes bouches rouges. On ne peut pas les reconnaître.

— Moi, je l'ai reconnu.

Il hésitait, partout. Il fronçait les sourcils, faisant semblant d'essayer de se souvenir, mais se donnant seulement le temps de trouver un argument.

— Je sais ! s'écria-t-il. Il avait sa mandoline. Il l'avait mise sous sa chaise. J'avais oublié la mandoline.

Jenny se mit à creuser le sable sans l'écouter davantage. La plage était déserte, ou à peu près.

Soudain, les enfants virent une silhouette qui s'avançait vers eux, venant du Green. D'abord, ils crurent que c'était Olive et ils continuèrent à creuser, mais la silhouette devait avoir envie de compagnie car elle s'arrêta, puis descendit la pente, s'approcha du sable humide, et s'arrêta pour les regarder.

— C'est une prison, expliqua Jenny.

Elle leva enfin les yeux et vit qu'il ne s'agissait pas d'Olive. C'était une jeune fille petite et maigre, et pas très jolie. Son visage avait une drôle de couleur, pas exactement crème, mais pas jaune non plus. Elle était simplement vêtue, mais très soignée. Sa robe de coton clair paraissait bien repassée et ses chaussures, même saupoudrées de sable, brillaient comme si elle avait passé des heures à les frotter. Mais la seule chose qui importait, de l'avis d'Alan, étaient les boucles de ses souliers. Elles étaient grandes pour de si petits pieds et de si fines chevilles, et elles étaient en argent, ou en quelque chose d'aussi étincelant.

— Bonjour, dit-elle.

— Bonjour, répondirent poliment les enfants.

— Pourquoi construisez-vous une prison ? demanda-t-elle.

Il semblait qu'elle eût envie de parler à quelqu'un, fût-ce à des enfants.

— Dans la prison, les prisonniers battent les tapis, expliqua Alan.

Jenny estimait qu'il n'avait pas suffisamment expliqué, mais la dame parut comprendre.

— Oh ! oui ! dit-elle en hochant la tête. Je les ai entendus.

Elle se tourna vers Jenny et posa la question que posent toujours les étrangers quand ils ne savent pas que dire :

— Comment vous appelez-vous ?

— Jenny Cathcart. Et vous ?

— Annabel Smith.

— Et moi, je m'appelle Alan, déclara le petit garçon. Dites... Venez-vous de passer près du kiosque à musique ? Avez-vous vu une dame qui causait avec un Pierrot ?

— Qui causait avec un... ma foi oui, j'ai vu cela en effet.

— Tu vois, s'exclama Alan triomphant. Je te l'avais dit !

— C'est notre tante Olive, dit Jenny, quelque peu dépitée. Je ne croyais pas que les Pierrots parlaient aux gens.

— Pourquoi pas ? demanda Annabel. Ce sont des êtres humains comme les autres gens, vous ne croyez pas ?

Elle poussa un peu le sable avec le bout de son pied brillant, et ajouta :

— Votre tante devrait-elle s'occuper de vous ?
— La voilà, dit Alan.

Il ne s'intéressait plus à celui auquel avait parlé sa tante maintenant que l'honneur était sauf. De plus il était un peu fatigué et il commençait à s'ennuyer. Et puis c'était l'heure de goûter.

Olive descendait de la dune, son grand chapeau se balançant au bout de son bras. Elle paraissait contente et elle souriait ; ses yeux brillaient comme à une secrète plaisanterie. Les deux enfants se sentirent fiers d'elle quand elle se trouva finalement à côté de l'étrangère qui s'appelait Annabel : elle était tellement plus jolie.

— Venez, les petits, dit-elle. Il est grand temps de rentrer.

Ne voulant pas avoir l'air de dédaigner la jeune fille silencieuse, elle se tourna vers elle et demanda poliment :

— Vous avez fait leur connaissance ? Nous étions allés voir le spectacle des Pierrots.

— Il y a très longtemps, dit Alan avant que l'autre ait pu répondre. Tu as mis des siècles et des siècles à trouver ce programme.

— Oui, dit Annabel à Olive. Je vous ai vue en passant tout à l'heure devant le kiosque à musique. Vous aviez votre chapeau à ce moment-là. J'ai trouvé qu'il vous allait très bien. Je m'intéresse beaucoup aux chapeaux.

Elle avait dit cela d'une drôle de façon, pensa Jenny. C'était comme si elle avait retiré une épingle de son propre chapeau pour égratigner un peu Olive avec.

Et les joues d'Olive devinrent toutes roses, jusqu'à son cou, comme si elle avait réellement été égratignée.

— Je vous ai dit de venir, répéta Olive d'une voix changée.

Les enfants la suivirent sur la dune. Elle n'avait pas dit au revoir à Annabel qui resta là où elle était, avec un drôle de petit sourire aux lèvres.

Les enfants étaient fatigués tous les deux à présent, et d'un peu mauvaise humeur, mais la perspective du goûter leur rendit de l'entrain. Alan se mit à chanter et il chanta presque tout le long du chemin. Il fallut qu'il se taise en arrivant dans la rue du Golf, une rue si correcte...

CHAPITRE VII

De retour chez elle, Mme Cathcart fouilla dans tous les casiers de son secrétaire. Charles s'était renseigné à la poste : le bateau venant d'Australie était arrivé depuis plusieurs jours à Liverpool. De combien de temps Cousine Susan avait-elle besoin pour décider de prêter dix mille livres ?

Elle tenta de se rassurer en relisant quelques unes des vieilles lettres de sa cousine, celles où elle vantait presque ridiculement ses ancêtres et donnait une importance qui touchait à l'absurde au grand nom de la famille.

La première de ces lettres avait été écrite parce que la cousine Susan avait retrouvé l'adresse des Cathcart dans les papiers de son père. Elle voulait savoir si le château Gowdie était encore debout. Elle possédait une vieille gravure le représentant et trouvait que la falaise sur laquelle il se dressait semblait très atteinte par l'érosion.

Ellen Cathcart répondit. Après cela, Susan Gowdie envoya des photos d'elle, une femme d'âge canonique à l'air décidé, debout au seuil de la véranda de sa maison ou assise au volant de sa Bentley. Elle était propriétaire de milliers d'hectares de pâturages et était ostensiblement très riche. Elle ne montrait aucune discrétion quant à l'étendue de la fortune que son père lui avait laissée.

Ellen Cathcart avait même commencé à caresser l'espoir d'un généreux legs à venir pour la branche écossaise de la famille.

Mais même s'il venait un jour, il viendrait trop tard.

Fiévreusement, elle relut les lettres. L'une d'elles contenait un arbre généalogique soigneusement élaboré : Ellen Cathcart s'était adressée à un chartiste d'Edimbourg pour le compléter car la grande époque des Gowdie, celle où la famille s'unissait aux noms célèbres de l'histoire, remontait à un passé si ancien que Charles avait observé irrévérencieusement qu'en remontant le cours du temps de deux siècles, on pouvait être sûr de se trouver allié à la moitié de l'aristocratie du pays et à un nombre plus important encore de criminels notoires.

Mais ce n'était là qu'une sotte plaisanterie. Une fois de plus, Ellen Cathcart prit une des photos, celle où la cousine Susan se tenait devant la vaste véranda de sa maison.

Au-dessus de la porte se trouvait un emblème de bois sculpté, qui ressemblait à un écusson héraldique, et sur lequel était peint le nom de la propriété : *Gowdie Mains*. Charles avait comparé cela à l'enseigne d'une auberge. Oui, sûrement, Susan Gowdie consentirait à sauver le nom de la famille d'un scandale, puisqu'elle y attachait tant de prix.

Détournement de fonds... Prison... Bien que tout fût calme et silencieux au-dehors, Ellen Cathcart eut soudain l'impression d'entendre comme un tonnerre le bruit des tapis battus.

Pourquoi Susan n'écrivait-elle pas ? Elle aurait dû répondre depuis longtemps maintenant. Pourquoi leur infligeait-elle la torture de l'attente ?

La porte d'entrée s'ouvrit. Olive monta l'escalier, revenant de la promenade avec les enfants. Peut-être vaudrait-il mieux l'éloigner de Failford un peu de temps, pour le cas où il arriverait une mauvaise nouvelle. Dans ce cas, pourtant, il faudrait bien qu'elle apprenne la vérité. Il était surprenant qu'elle n'eût pas déjà remarqué quelque chose d'insolite.

Olive chantait en montant, elle avait une jolie voix, légère, et elle paraissait heureuse. Pauvre enfant ! Il fallait lui laisser sa joie de vivre le plus longtemps qu'il se pouvait, même si elle devait pour cela faire un séjour chez Daisy Morrison et son impossible mari.

« Toutes les jolies filles aiment les marins », chantait Olive. « Toutes les jolies fillent aiment les... »

Elle ouvrit la porte et s'interrompit brusquement :

— Tu n'es pas en train de faire tes comptes, maman, par une aussi magnifique journée !

Comme Olive était jolie ce soir ! pensa sa mère. Elle avait mis sa robe neuve, ce qui était bien inutile pour emmener seulement les enfants sur la plage. L'air de mer avait dû lui faire du bien, car ces joues étaient plus roses qu'à l'habitude, et ses yeux paraissaient plus grands et plus brillants.

Eh bien ! c'était le bon moment pour lui faire une agréable surprise.

— Chérie, j'ai réfléchi, dit Ellen Cathcart en se tournant vers la jeune fille. Je ne veux pas me montrer égoïste en te gardant à la maison. Puisque tu désires aller faire un séjour chez Daisy Morrison, je vais te laisser partir. Vous êtes amies depuis si longtemps...

Qu'arrivait-il à Olive ? Elle restait là, le visage assombri. Pour un peu, on aurait cru qu'elle avait oublié l'existence de Daisy Morrison et leur amitié réciproque.

— Tu veux dire que je peux aller la voir à Londres ? dit-elle enfin avec lenteur. Partir d'ici en plein milieu de la belle saison ? Il fera sûrement horriblement chaud à Londres ! J'aimerais mieux rester ici pour le moment.

— Vous croyez que vous pouvez vous échapper quand vous voulez ? disait l'homme de la plage. Mais vous ne le pouvez pas. Tout au moins sans un effort énorme. Je le sais, je l'ai fait. Et cela en vaut la peine.

Olive l'écoutait, sa tasse vide poussée de côté. Son assiette était vide aussi, à part quelques traces d'œuf et de jambon. Comment expliquerait-elle son manque d'appétit au dîner ?

— Je me *suis* échappée, dit-elle.

En fait, entrer, de l'autre côté de la rivière, dans ce café dont elle ignorait jusque là l'existence, lui faisait l'effet de pénétrer dans un autre monde. Autour d'elle, elle voyait des gens auxquels elle ne pensait jamais. Des gens respectables, modestes mais convenables, qui mangeaient un goûter-dîner tandis que, sous les fenêtres, la Fail coulait vers le port. Deux cygnes blancs glissaient en direction du pont. Quelqu'un venait de mettre un penny dans l'orgue de Barbarie près de la porte.

« Toutes les jolies filles... » L'instrument jouait

la musique de la chanson. Olive regarda son compagnon, s'attendant presque à le voir coiffé d'une calotte blanche, avec un ruché autour du cou. Mais sa casquette de drap était posée sur une chaise à côté de lui et il la regardait.

— Non, dit-il, vous ne vous êtes pas échappée.

— Je voudrais aller en Australie, dit Olive.

— Simplement parce que ce serait différent. La ville d'où je viens serait différente aussi. Pour vous. Mais elle ressemble davantage à celle-ci. Jamais je ne pourrais demander à une fille d'aller de-ci, de-là avec une troupe de musiciens, mais l'affaire de mon oncle est prospère. N'importe qui pourrait s'établir là et vivre confortablement.

— Oui, bien sûr, dit Olive avec chaleur.

La lueur qui éclairait les yeux de l'homme s'éteignit, comme une chandelle qu'on souffle.

— Ce n'est qu'un rêve, dit-il comme pour lui-même.

Mais la jeune fille avait provoqué le rêve et elle le savait. Elle en éprouvait un singulier sentiment de triomphe. De pitié aussi. Mais pour un instant, ils partageaient le même rêve.

— Je crois, dit-elle, qu'il doit être agréable d'aller faire des courses en sachant que les factures seront payées.

La lumière s'alluma de nouveau dans les yeux du garçon, et précipitamment, elle fit machine arrière.

— C'est amusant d'imaginer une manière de vivre différente, dit-elle. Vous ne trouvez pas ?

— Olive !

— Chut. dit-elle. Quelqu'un nous regarde. La fille, là-bas.

Elle se rappelait l'avoir vue sur la plage. Sans

doute n'avait-elle pas de foyer et venait-elle prendre ses repas dans un établissement de ce genre. Oui, elle était souvent là, dans ce même coin, quand Olive venait retrouver Bob. C'était un café parfaitement correct, où des gens convenables, des gens qui travaillaient, venaient manger du pâté et boire une tasse de thé. Ce n'était pas le genre d'endroit, surtout à cette heure, qui eût attiré les relations mondaines de la jeune fille. Peut-être était-ce pour cela que Bob avait suggéré l'établissement... Pourtant, dans sa simplicité, il n'avait peut-être même pas songé à cela.

— Une autre tasse de thé ?

La propriétaire du Café de la Lagune s'arrêtait près de leur table en un geste maternel. Elle aimait les romans. Visiblement, il y en avait un qui naissait là. Mais Olive l'intriguait.

Elle avait beau s'habiller très simplement et se comporter aussi discrètement qu'elle pouvait, elle portait quand même la marque de l'autre côté de la rivière. Et que faisait donc là une fille venant de l'autre côté de la rivière ?

— Oui, s'il vous plaît, répondit Bob Crowther.

N'importe quoi pour garder Olive devant lui un peu plus longtemps, la femme le comprit, en se hâtant vers la cuisine. Madame Leckie avait quelque chose de vaguement italien, qui rappelait les lointains ancêtres venus d'Italie il y avait très longtemps pour fonder à Failford une petite boutique de douceurs. Elle aimait les teintes vives, elle portait un tablier rouge, non seulement parce qu'il semblait demeurer propre plus longtemps, mais parce qu'elle se sentait mieux en rouge. Et comme les gens de sa race, elle se prenait spontanément d'amitié pour certains.

Mais ceux-là ne remarquèrent même pas leurs tasses remplies. Souvent, Olive jetait un coup d'œil à la fille, dans son coin isolé. Il semblait qu'elle restât là indéfiniment, comme une statue, toujours à la même place quand Olive et Bob se retrouvaient dans ce café. En ce moment, elle avait l'air de regarder droit devant elle, tournant son thé dans sa tasse. Sa mise simple et nette avait une sorte de chic, dû peut-être au béret qu'elle avait sur la tête, perché sur des boucles de cheveux noir-bleu.

— Il faut que je parte, Bob. Je dois m'occuper des enfants à Bellshaw House.

A contrecœur, Bob fit signe à Mme Leckie et régla la note. Comme ils quittaient la salle, la fille aux cheveux noirs se retourna pour les regarder sortir.

Côte à côte, ils traversèrent le pont, et à la prière de Bob, s'arrêtèrent un instant pour regarder les cygnes. Olive avait la main sur le parapet et Bob mit la sienne dessus. Il n'y avait personne alentour pour les voir : à cette heure-là, les gens étaient chez eux à prendre le thé.

— Olive ! dit-il encore.

Elle le regarda, prenant plaisir à voir la lueur qui éclairait ses yeux. Et en même temps, elle s'étonnait : était-ce bien Olive Cathcart qui se permettait une vulgaire petite aventure simplement pour oublier l'ennui de son existence à Failford... Pour rencontrer un homme d'un monde différent, dans un quartier de la ville qu'elle connaissait à peine ?

La main serra plus fort et elle retira brusquement la sienne.

— L'amour existe, disait-il, l'amour vrai. Et il fait disparaître toutes les différences.

Olive regarda précipitamment sa montre.

— Il faut absolument que je m'en aille.

Pourtant, elle se sentait attirée par lui, c'était l'ennui. Il y avait en lui un naturel et une franchise qui lui faisaient honte. Il était si différent des jeunes gens, des hommes qu'on rencontrait aux réceptions de Mme Bremer : on flirtait avec eux, et on s'en lassait. Parfois, du reste, ils n'étaient pas sincères parce qu'ils la savaient sans fortune. Bob la fascinait aussi par la mobilité de ses expressions, la manière dont son visage s'éclairait quand il lui parlait. Même son drôle de petit accent des Midlands avait du charme.

— Je pourrai vous donner une vie confortable, disait-il, d'une voix pleine d'humilité. Ma famille n'est pas comme la vôtre, mais mon oncle est riche, tout au moins par rapport à nous, et je vous ai dit quelles sont ses intentions pour moi.

Olive se tourna légèrement.

— Est-ce là une demande en mariage ?

— Je n'aime pas cette façon de nous rencontrer en cachette, dit-il en marchant à côté d'elle. Je suis franc du collier. J'aimerais mieux aller trouver votre frère et lui parler d'homme à homme. Mais je pense que c'est impossible.

— Oh ! Tout à fait impossible !

Il y avait un rire dans la voix d'Olive de sorte que Bob ne sut si elle parlait sérieusement ou non.

— Regardez ! dit-elle soudain. Un grand yacht ancré dans le port. Un yacht immense !

Bob ne répondit pas. Elle s'arrêta pour mettre une lettre à la poste pour sa mère. Une lettre adressée à la cousine Susan. Elle eut l'impression que sa mère avait écrit récemment à la cousine Susan : d'ordinaire, elle ne lui écrivait qu'au moment de Noël.

— Je pense, disait Bob, que l'hiver prochain, j'irai probablement au Canada. Peut-être même plus tôt.

— Au Canada ?

Elle eut un bizarre petit pincement au cœur. Pourtant, ce serait la meilleure façon possible de mettre fin à cette histoire.

— Ici, la saison est presque finie. Une compagnie de concerts m'offre de m'embaucher, pour chanter des ballades et autres choses du même genre. Nous irions dans les grands hôtels.

— Désirez-vous vraiment aller à l'étranger ? demanda Olive assez froidement.

— Je ne le désirerais pas si je pouvais avoir ici... ce que je voudrais. Mais je vous l'ai dit : je sais bien qu'il ne s'agit que d'un rêve.

Il lui plaisait moins quand il était d'humeur morose. De plus, elle avait envie de savoir exactement quel était son rêve : aussi, elle le poussa à parler.

— Qu'avez-vous donc, ce soir ? D'abord, vous me dites que si j'ai envie d'aller en Australie, je n'ai qu'à y aller et que rien n'est impossible, et maintenant, à vous entendre, on croirait que rien n'est faisable !

— Quand on veut désespérément quelque chose, il est presque obligatoire que ce soit impossible.

Ils avaient tourné dans la grande rue et se dirigeaient vers Bellshaw House. Déjà, Olive était en retard pour coucher les enfants. Elle pressa le pas. Elle aurait voulu qu'il s'en aille, maintenant qu'ils atteignaient le quartier résidentiel de la ville, mais il marchait toujours à côté d'elle avec entêtement.

La rue, bordée de petites maisons construites sur ce qui avait été jadis le parc de Bellshaw

House, était plus étroite que les autres. Une silhouette s'était engagée à l'autre bout et venait rapidement vers les jeunes gens.

Ils arrivèrent devant la grille de la maison, et sans se soucier de la silhouette qui approchait, Bob attira la jeune fille contre lui et l'embrassa sauvagement. Puis il la lâcha aussi brusquement. Avec le goût de ce baiser sur les lèvres, Olive voulut ouvrir la grille, mais un caillou s'était coincé dessous et elle résista. Les pas se hâtèrent derrière la jeune fille et une main passa par dessus son épaule pour l'aider à pousser.

— Cette grille a besoin d'être huilée, dit la voix de la cuisinière.

Avait-elle vu le dernier geste de Bob ? Si j'étais partie pour l'Australie, pensa Olive absurdement, cela ne serait pas arrivé.

*
**

Le capitaine avait revu son ami de Glasgow. Ils avaient bu un verre ensemble avant que ce dernier prît son train pour aller chez lui.

— Le temps file, dit-il. Nous aurons bientôt les tempêtes d'automne.

— Il y a un nom qui me trotte dans la tête, dit le capitaine Milligan. Je ne peux pas trouver pourquoi.

— Quel nom ?

Le capitaine Mackenzie était plus jeune et avait pris sa retraite quelques années après lui, mais lui aussi avait fait la Chine, entendu les commérages dans les ports. C'était un petit homme rond, plus grand que lui qui accusait son âge plus que Milligan. Mais il se rappelait mieux les choses.

— Jack Bremer. Ne parlait-on pas de lui, voilà des années, à Hong-Kong ? Il me semble que c'était un jeune gars qu'on avait envoyé là-bas pour s'occuper des affaires de la famille et qui s'était mis dans je ne sais quel pétrin.

— Ah ! oui. Il a vécu avec une Chinoise jusqu'à ce que ses parents lui ordonnent de revenir. La fille racontait partout qu'il l'avait légalement épousée.

— Il était peut-être assez jeune et assez nigaud pour le faire !

— On a parlé d'un enfant. Sûr que le jeune Bremer a fait de son mieux pour la mère. C'est une histoire assez banale...

Mackenzie regarda son ami attentivement.

— Pourquoi y as-tu repensé ?

— Rien de spécial.

Madame Jack Bremer connaissait peut-être le passé de son mari, ou peut-être pas. Peut-être la Chinoise était-elle morte avant que Jack Bremer ne se remarie. Maintenant, il savait pourquoi Mme Bremer semblait toujours l'éviter. Les capitaines au long cours entendent souvent raconter de drôles d'histoires, surtout quand ils naviguent dans les eaux chinoises. Eh bien ! elle n'avait pas besoin d'avoir peur de lui. Pas besoin du tout.

Une jolie femme, Mme Bremer. Et elle avait bon cœur. Bien le genre à donner un coup de main à une jeune personne comme Annabel Smith. Deux pensées tournèrent dans la tête du capitaine, mais il ne parvenait pas encore à les relier. De toute façon, il s'agissait probablement d'une pure coïncidence.

— Voilà un beau bâtiment ! dit l'autre, montrant quelque chose avec sa pipe. Son propriétaire doit être à l'aise !

Le grand yacht était ancré dans la partie la plus

profonde du port. Les lumières, à l'arrière, éclairaient
son nom : « *la Croix du Sud* ». Le bateau luisait,
immaculé, dans la nuit.

— Il doit bien tenir la mer.

— Oui. Il est assez grand pour les longues tra-
versées.

*
**

Alan avait construit un autre château de sable
et Jenny dessinait un jardin autour. Elle en avait
marqué les limites avec sa pelle, les soulignant des
plus petits coquillages qu'elle avait pu trouver. Le
bruit de la mer noyait tous les autres bruits et le
sable étouffait le son des pas.

Les enfants furent surpris lorsqu'une grande
ombre s'étendit sur le château, le jardin, leurs chaussettes et leurs souliers blancs.

Un homme très grand les regardait. Il était venu
en marchant sur le sable humide, tout près de l'eau,
et le sable collait à ses chaussures. Il tournait le
dos à la mer et portait un drôle de chapeau à larges
bords qui projetait une ombre sur son visage.

— Bonjour, les gosses, dit-il.

— Bonjour, dit Alan.

Il se redressa, essayant de voir sous le chapeau.

— Vos souliers sont tout mouillés, dit Jenny.
Les gens seront fâchés quand ils essaieront de les
nettoyer.

— Vraiment ? dit l'homme.

Il parlait avec un accent bizarre, comme un
groom anglais que les enfants avaient entendu
s'adresser à leur père un jour. Pourtant, il n'avait
pas l'air anglais. Il faisait chaud ; il tira un mouchoir de sa poche et s'essuya le front ; son chapeau

glissa un peu de côté. Les enfants virent alors qu'il avait des yeux très bleus, à l'expression hardie, et un air crâne qui leur plut.

— Qu'avez-vous construit là ? demanda-t-il.

Il tendit un pied vers le château de sable, et par inadvertance, y fit un trou. Momentanément, il cessa de plaire à Alan.

— Faites attention à mon château, s'il vous plaît. Vous en avez déjà enlevé un morceau !

— Ma foi, c'est vrai. Je regrette. Mais les vieux châteaux ont toujours des morceaux qui leur manquent, vous savez. Comme le château Gowdie, là-haut.

Il tendit la main vers la ruine sur la falaise.

— Pas mal de morceaux en ont été enlevés, dit-il.

— Etes-vous entré dedans ? demanda Jenny avec intérêt. Nous y sommes allés.

— Naturellement, je l'ai visité, dit l'homme. Je l'ai visité ce matin.

Très intéressé, Alan interrogea.

— Avez-vous vu la grande cheminée où Lord Gowdie a fait rôtir un homme ?

— Oui, je l'ai cherchée spécialement. Je m'appelle Gowdie et je suis de la même famille. Quand les gens ne me plaisent pas, je décide généralement de les faire rôtir.

Les enfants savaient que c'était une plaisanterie. Cependant, cet homme avait quelque chose qui rendait possible de le croire capable d'agir ainsi. Dorénavant, ils se représenteraient toujours le lord Gowdie rôtisseur portant une armure, évidemment, mais coiffé d'un grand chapeau et non d'un casque.

— Notre grand-mère s'appelait Gowdie avant de se marier.

Jenny s'aventurait à fournir le renseignement. Elle ajouta :

— Sa famille a vécu là aussi, il y a très, très longtemps.

— Oui ? Alors, nous devons être cousins.

— Grand-mère a une cousine Susan qui habite l'Australie.

— Chère vieille Cousine Susan ! Je ne l'ai pas vue depuis des années.

Il baissa la voix et dit sur un ton de confidence :

— Elle ne m'aime pas, vous savez ?

— Habitez-vous l'Australie ?

— Oui. Je suis venu ici précisément parce que je suis un Gowdie comme vous. Je voulais voir le château Gowdie, et naturellement la cheminée.

Deux personnes approchaient, marchant délicatement sur la dune. Alan leur fit de grands gestes.

— Voilà ma grand-mère, là-bas, et ma tante Olive, dit-il. Elles avaient dit qu'elles viendraient voir ce que nous faisions.

L'homme ne répondit pas. Il regardait Olive. Elle avait ouvert son ombrelle, mais le soleil éclairait son visage. Madame Cathcart fronça légèrement les sourcils en voyant les enfants parler à un étranger. Quand elle arriva près d'eux, elle feignit de ne pas le voir.

— Où est Nana ? demanda-t-elle.

— Elle est assise un peu plus loin. Elle bavarde avec la nurse du bébé Pringle.

— Elle devrait être ici avec vous.

— Il n'y avait pas assez de sable devant le banc, alors elle a dit que nous pouvions venir ici, mais que nous ne devions pas aller plus près de l'eau.

L'homme restait silencieux derrière les femmes et les enfants. Il avait retiré son chapeau et le tenait à la main. Il avait des cheveux frisés coupés court et ses yeux bleus demeurèrent fixés sur Olive, bien qu'il s'adressât à Mme Cathcart.

— J'ai fait la connaissance de vos petits-enfants, dit-il, et appris que nous sommes cousins.

— Cousins ?

— Je m'appelle Hamish Gowdie. Mon grand-père est parti pour l'Australie et notre branche de la famille y est restée depuis lors. Mais j'ai toujours désiré voir Failford... et le Château Gowdie.

— Il connaît la cousine Susan ! dit Alan avec excitation, et il sait qu'un homme a été rôti...

L'étranger regarda Mme Cathcart en face.

— Je ne vais pas utiliser le nom de Cousine Susan en tant que recommandation auprès de vous, dit-il. Elle et moi ne nous entendons guère et je suis sûr qu'elle ne m'approuverait pas. Mais je suis très heureux de savoir que, de ce côté-ci, la famille ne s'est pas éteinte. J'espérais un peu cela.

— Etes-vous venu par le courrier ? demanda Mme Cathcart. Quand est-il arrivé ?

Entendant prononcer le nom de la cousine Susan, elle ne pensait plus qu'à une lettre.

— Je suis venu sur mon yacht, dit le jeune homme. Pas depuis l'Australie, naturellement.

Il sourit à Alan, devinant ce que pensait le petit garçon.

— Je l'ai fait construire à Cowes, et je suis venu ici en suivant la côte. J'habite à bord naturellement.

Madame Cathcart réfléchissait très vite.

— Il nous faut faire plus ample connaissance, dit-elle. Il faut que vous rencontriez mon fils, Charles, et sa femme. Justement, nous dînons chez eux ce soir, et je suis sûre que ma belle-fille serait ravie de vous accueillir aussi.

Elle se tourna vers sa fille.

— Nous pouvons facilement passer par Bellshaw House en rentrant pour annoncer monsieur Gowdie.

— C'est là votre fille, Madame ? Mademoiselle Gowdie ?

— Mademoiselle Cathcart.

— Bien sûr, mais elle est à demi Gowdie tout de même.

Il s'avança et prit la main d'Olive. Madame Cathcart se demandait pourquoi la jeune fille n'avait pas bougé à la mention de son nom. Elle restait là, fixant le nouveau venu, comme si elle ne savait plus parler.

— A quelle heure devrai-je venir ?

— A sept heures et demie. Tout le monde, en ville, vous indiquera le chemin de Bellshaw House.

Le jeune homme dit au revoir aux enfants d'un geste, remit son chapeau et s'éloigna en direction du port. Nana parut, un peu effarée en trouvant là Mme Cathcart, mais celle-ci ne semblait pas songer à la négligence de la nurse. Elle partit avec Olive, disant que les autres n'avaient qu'à suivre après avoir ramassé leurs affaires. Elle ajouta que, de toute façon, les enfants marchaient trop lentement.

La grande porte de Bellshaw House n'était jamais verrouillée dans la journée ; Mme Cathcart, selon son habitude, l'ouvrit sans sonner. Charles arrivait au bas de l'escalier et prenait une carte-postale dans le plateau sur la table du vestibule. Il la regarda et la rejeta en disant d'une voix morne :

— Eddie McCulloch.

Sa mère la prit et la regarda à son tour. Elle représentait un chameau. Elle la retourna : le cachet

de la poste indiquait le Caire et quelques lignes
étaient tracées sur la partie correspondance :
« *Nous avons traversé la mer Rouge. Il fait très
chaud. Amitiés à tous. Eddie.* »

— Tu as dit qu'il ne reviendrait qu'à l'automne,
dit Mme Cathcart.

Elle essayait de prendre un ton rassurant, heureuse qu'Olive se fût attardée dans le jardin au lieu
de la suivre dans la maison.

— J'espère qu'une tempête de sable l'étouffera
avant cela !

— Et tu sais, c'est à moi que Cousine Susan
écrira, pas à toi.

— Alors que diable ne le fait-elle ?

La même pensée s'imposait à tous deux. Elle
ne répondait pas parce qu'elle ne voulait pas répondre. Les épaules de Charles se courbèrent et sa
mère lut la peur dans ses yeux. Elle dit précipitamment :

— Je suis sûre qu'Evelyne n'y verra pas d'incon-
vénient, mais j'ai invité quelqu'un à dîner ici ce
soir. Un cousin Gowdie d'Australie.

— Comment ?

— Il est très riche, Charles. Il l'est sûrement, il
est venu à bord de son yacht. Olive et moi l'avons
rencontré sur la plage, il parlait aux enfants. Il nous
a dit qui il était.

L'appréhension se peignit sur le visage de Charles.

— A-t-il parlé de Cousine Susan ? Sait-il ?

Sa mère secoua la tête.

— Il ne l'a pas vue depuis longtemps. Il nous
faut être très aimables pour lui, mon chéri. Cela
pourrait... être intéressant.

CHAPITRE VIII

Ce soir-là, les deux candélabres d'argent étaient sur la table. La lueur des bougies faisait briller les cheveux d'Olive, mettait en valeur la blancheur de son cou, et la pénombre lui donnait l'air mystérieusement réservé. Sa mère remarquait son silence. Elle remarquait aussi qu'Hamish Gowdie ne la quittait guère des yeux. Après le repas, il s'assit à côté d'elle, dans le salon, comme s'il s'agissait d'un droit. Un premier petit rayon d'espoir éclaira son cœur.

Ils firent des projets pour le lendemain. Cousin Hamish, ainsi qu'ils l'appelaient maintenant, promit de donner une petite réception à bord du yacht. Ils pourraient faire une courte croisière le long de la côte en mangeant des fraises à la crème sur le pont. Ils passeraient devant le château Gowdie et verraient ses fenêtres vides de la mer et non plus de la terre.

Ce ne fut qu'après le départ du visiteur que Charles fut pris d'un doute.

— Je pense qu'il est convenable ? Il n'avait pas

de lettre de recommandation pour nous, rien du tout.

— Naturellement, il est convenable ! s'exclama sa mère. Il est au courant de tout ce qui touche aux Gowdie, jusqu'à cette horreur d'histoire d'homme rôti... Pourquoi ne serait-il pas convenable ?

— Ma foi, je ne sais pas. C'est drôle qu'il vienne ici sans une introduction quelconque. Si j'allais à l'étranger, je prendrais bien soin d'emporter des recommandations écrites.

Evelyne, qui s'était amusée pour une fois, intervint avec impatience.

— Oh ! Ne sois pas assommant ! Les Australiens ne pensent pas comme nous pour ce genre de choses. Ils ne se fatiguent pas à cela.

— De plus, reprit Mme Cathcart après avoir réfléchi un instant, la seule personne qui aurait pu lui donner pour nous une lettre d'introduction est la cousine Susan, et il a dit qu'ils n'étaient pas en bons termes. Ils ne se sont pas vus depuis des années. N'est-ce pas, Olive ?

— Oui. C'est ce qu'il a dit.

De retour dans leur petite maison, Olive, brossant ses cheveux, remercia le Ciel de n'être pas partie pour Londres, finalement. Les heures allaient se traîner affreusement jusqu'au moment où elle reverrait le cousin d'Australie.

Elle savait qu'elle avait éveillé son intérêt. En ce qui la concernait, tous les autres n'étaient plus que des ombres incolores. Leur soudaine insignifiance lui faisait presque peur.

Elle avait complètement oublié sa promesse de

revoir Bob Crowther. Elle ne songeait plus qu'à son
extraordinaire découverte ; finalement, le coup de
foudre est une chose qui existe.

*
**

Le yacht voguait doucement vers le château
Gowdie, comme pour faire acte d'allégeance. Alan
courut le regarder : son père le retenait par sa
veste.

— Voilà la salle ! cria le petit garçon. On la
voit par ce grand trou au soleil ! Et voilà l'endroit où
je suis tombé. Je crois que je vois le buisson
auquel je me retenais ; vous voyez comme je l'ai
courbé ?

Le yacht était trop loin de la falaise pour qu'on
en vît distinctement les reliefs et les plantes. Olive
trouvait pénible de la regarder, elle ne savait pas
trop pourquoi. Mais elle fut soulagée quand la pente
herbeuse disparut derrière eux. L'herbe sur laquelle
Bob Crowther et elle s'étaient assis et avaient
conversé.

Bob Crowther ! Elle avait honte maintenant de
leurs rencontres clandestines, elle avait même honte
de lui. Et momentanément honte d'elle-même. Une
étincelle de sa personnalité l'éclaira un instant au-
dessus de l'eau, éveilla sa pitié, puis s'éteignit. Il
n'y avait aucune comparaison entre ce qu'elle avait
éprouvé pour Bob et ses sentiments envers Hamish.

Elle traversa le pont pour le rejoindre. Il contemplait, au-delà d'elle, la côte qui glissait devant eux.
Sans en détourner le regard, il murmura :

— C'est étrange de penser que nos ancêtres,
les vôtres et les miens, ont régné sur ce bout de
paysage !

— On croirait lire une lettre de Cousine Susan !

— Cousine... Oh... ! la vieille cousine Susan ? Eh bien... Nous descendons de beaucoup d'êtres, hommes-loups et hommes-moutons.

Nos hommes se sont affadis avec le temps, pensa la jeune fille, mais pas les siens. Il est un revenant du temps où les hommes de violence prenaient ce qu'ils voulaient et faisaient leur propre fortune. Des hommes forts. Des hommes durs peut-être.

Bien sûr, il est le descendant de ce Gowdie qui est devenu riche, il n'a pas eu à gratter la terre pour commencer. Si sa branche de la famille était restée ici, ils auraient probablement fini comme nous...

Elle avait pensé « comme Charles », mais par loyauté fraternelle, avait refoulé cette pensée. Alan avait quitté la rambarde et Charles, lâchant le petit garçon, allumait une cigarette en abritant l'allumette de ses deux mains.

Qu'arrivait-il à Charles ? Tout l'été, il s'était montré le même, comme un homme qui s'attend à la tempête et regarde sans cesse le ciel, guettant le premier éclair.

Et la cousine Susan ? Pourquoi Charles et leur mère étaient-ils si anxieux à son sujet, espérant continuellement une lettre d'elle ?

A cet instant, Hamish tourna la tête pour parler à Olive et elle ne pensa plus à Charles.

Ils regagnèrent le port de Failford à la fraîcheur du soir. Hamish Gowdie les accompagna à Bellshaw House ; il resta dîner, et comme les autres fois, lui et Charles s'attardèrent dans la salle à manger en buvant un dernier verre de vin avant de rejoindre les femmes au premier étage. Jusqu'à

présent, Charles avait trouvé difficile de causer avec
le jeune homme. Sa personnalité un peu rude l'aga-
çait, bien que son auréole de fortune eût tendance
à adoucir cette impression.

Mais ce soir, Charles s'intéressait davantage à
son hôte.

— J'avais plus d'un objectif en vue en venant en
Ecosse, disait Hamish.

— Je croyais que vous étiez venu pour nous
découvrir ? répondit Charles d'un ton léger.

Mais l'autre parlait sérieusement et il dressa
l'oreille.

— Il est temps pour moi de me marier. J'ai
toujours souhaité ramener chez moi une fille du pays
natal. Une fille bien, bien élevée, pas le genre éner-
gique et dur qu'on rencontre chez nous. J'ai même...

Il s'interrompit, l'air un peu embarrassé. Charles l'observait avec curiosité ; jamais il n'aurait cru
qu'Hamish pût être embarrassé pour quelque motif
que ce fût. Il lui vit tirer quelque chose de sa poche.

— Le croiriez-vous ? J'ai acheté ceci chez le
meilleur bijoutier de Melbourne. Sans même avoir
rencontré la fille à laquelle je la donnerais...

Il ouvrit un écrin et le tendit à Charles.

L'écrin contenait une grosse émeraude montée
sur un anneau. La pierre brillait sur le velours
blanc qui doublait l'écrin. Elle était si énorme, avait
dû coûter tellement cher que Charles se sentit
rassuré. Puis il s'étonna d'avoir eu besoin de cela.
N'avait-il pas, comme les autres, accepté dès le
premier abord cet homme pour celui qu'il disait être ?

Il réussit à remarquer :

— Celle qui recevra cela aura de la chance.

— Je peux lui donner tout ce qu'elle voudra.
Parfois, en regardant cette bague, j'ai douté de

jamais trouver celle que je cherche. Maintenant, je
sais que je l'ai trouvée.

Il était facile de comprendre ce qu'il voulait
dire. Il regardait la place vide d'Olive.

— Je suis assez vaniteux, reprit-il, pour croire
que je ne lui suis pas antipathique. Tout au moins
partageons-nous un trait de famille : nous prenons
rapidement nos décisions. Je pense que vous n'avez
pas d'objection à ce que je parle à votre sœur ?

— Aucune. Pas la moindre.

Hamish continua lentement, d'un ton mesuré,
comme s'il préparait une stratégie.

— Je lui laisserai un peu de temps : je n'aime
pas bousculer les gens. Si elle est d'accord, nous
pouvons nous marier à la fin de l'été.

— Je ne crois pas que vous ayez besoin d'attendre bien longtemps, dit Charles prudemment, si je
connais bien ma sœur évidemment. Je suis sûr que
vous lui plaisez. Ma femme est du même avis.

Hamish fit tomber dans un cendrier la cendre de
son cigare.

— Je vais attendre une semaine. Je suis orgueil-
leux, Cathcart. Je n'aime pas être humilié. Si une
fille me dit non, c'est une gifle pour moi. Si elle
demande à réfléchir, elle peut réfléchir tant qu'elle
voudra, en ce qui me concerne. Je préfère qu'elle
réfléchisse avant.

Les invités partis, quand Charles se retrouva
seul avec sa femme, Evelyne remarqua que son
humeur avait changé. Il n'avait plus son air désespéré des dernières semaines. Cela pouvait ne rien
signifier, naturellement : Charles changeait facilement d'humeur. C'était son découragement cons-
tant qui l'effrayait. Il pouvait s'agir seulement,

pensa-t-elle, de l'effet temporaire d'un verre de vin inhabituel.

— Gowdie a l'intention de demander Olive en mariage, dit-il.

— Elle est amoureuse de lui, j'en suis certaine.

— S'ils se marient avant le retour de McCulloch, je suis sauvé.

— Comment cela ?

Finalement, c'était peut-être le vin...

— Ne sois pas stupide, chérie. Que représente un prêt, même important, pour un homme comme Gowdie ? Olive sera sa femme à la fin de l'été. Elle peut travailler la question. Il n'aimerait certainement pas qu'il y ait un scandale dans la famille !

— Tu ne peux pas hâter le mariage alors qu'il n'a même pas fait sa demande !

— C'est inutile : il nous reste plusieurs semaines jusqu'au mois d'octobre et le retour d'Eddie.

— La cousine Susan enverra peut-être l'argent, après tout...

— Je ne la fais plus intervenir dans mes projets.

Evelyne pensa à quelque chose de plus agréable.

— Il me semble que nous devrions donner une réception pour présenter Hamish à nos amis, dit-elle.

— Ma foi, oui..., si tu peux organiser rapidement quelque chose. Il a l'intention de s'absenter quelques jours pour qu'Olive puisse réfléchir tranquillement.

— Elle a sûrement réfléchi. Si jamais j'ai vu une fille amoureuse, c'est bien elle !

— Tu ne penses pas que tu puisses te tromper ? demanda Charles avec inquiétude.

— Pas sur ce point, non.

— Alors... à quel sujet ?

Il remarquait une ombre d'inquiétude dans la voix de sa femme.

Evelyne hésita un instant.

— Je suis peut-être sotte..., mais que savons-nous d'Hamish ? Seulement ce qu'il nous a dit.

— Je reconnais que je ne parviens pas à me faire une opinion sur lui, mais pourquoi mettrions-nous en doute ses paroles ?

— Tu parles de ce mariage comme s'il était extrêmement important, dit Evelyne. Il est important, oui, pour Olive.

— Et pour moi. J'aimerais que tu réfléchisses un peu plus rapidement. Ne vois-tu pas ce qu'il en est ? La cousine Susan n'est évidemment pas disposée à m'aider, et il n'y a personne qui puisse me prêter la somme voulue, sinon Hamish.

— Oh !

Il lui fallut un peu de temps pour comprendre ce qu'impliquaient les paroles de son mari, puis elle s'exclama, effrayée soudain :

— Tu penses que peut-être il ne serait pas si riche que cela ? Mais... ce yacht ?

Charles hésita. Le yacht était un symbole éloquent.

— Il peut n'être pas à lui, dit-il. Il peut l'avoir seulement loué pour faire une croisière le long de la côte. Je ne puis croire que ce soit un aventurier, mais s'il en était un, et s'il voulait faire croire aux gens qu'il est très riche, c'est ce qu'il pourrait faire.

— Et la bague ?

— Du verre.

Mais à présent, Charles riait. Le souvenir de l'émeraude dissipait ses doutes, et avec les siens, ceux d'Evelyne s'envolaient.

— Mais oui, je suis sotte ! dit-elle, soulagée.
Donnons une garden-party pour Hamish la semaine
prochaine : il ne sera pas encore parti, je pense ?
Et le beau temps a l'air de vouloir tenir.

— A condition que je n'aie pas à travailler
comme un forçat pour tondre l'herbe par cette chaleur...

Hamish Gowdie ne parla pas de départ immé-
diat lorsqu'il fut question de la garden-party.
Madame Cathcart, qui renonçait à tout espoir eu
une bonne réponse de Cousine Susan, pensa que
c'était une heureuse façon de faire comprendre aux
gens de Failford qu'Olive avait un prétendant. La
société de la petite ville ne manquait jamais de
flairer les événements à venir. Depuis longtemps,
Mme Cathcart avait la même idée que son fils :
plus tôt Hamish s'engagerait, mieux cela vaudrait.

— Quel dommage que tu aies perdu ton chapeau neuf ! dit-elle à Olive. Maintenant, il va t'en
falloir un autre. Nous pourrions essayer cette modiste
que Sally Bremer recommande si chaudement.

Il fallait faire vite. Evelyne avait déjà envoyé
ses invitations. L'après-midi-même, Olive et sa mère
traversèrent le Green et s'engagèrent dans la rue
étroite au bout du port.

Presque à l'extrémité, avait dit Sally Bremer. Près
de l'Hôtel de Ville.

— Nous y voilà, dit Mme Cathcart. Je dois
dire que c'est assez prometteur.

Il y avait un chapeau dans la vitrine. Il semblait un peu trop chic, un peu trop sophistiqué
pour donner l'impression que Mme Cathcart souhaitait pour sa fille. Elle ouvrit la porte et la cloche
tinta. La jeune fille, dans le magasin, leva la tête. Son

regard glissa sur la femme plus âgée pour s'arrêter sur la plus jeune qui suivait.

— Bonjour, mesdames, dit-elle.

— Bonjour. Comme vous avez bien arrangé ce magasin ! Vous en avez fait quelque chose de charmant. N'est-ce pas ?

Madame Cathcart se tournait vers Olive qui ne répondit pas. Elle regardait la modiste d'un air bizarre.

— Je suis heureuse que cela vous plaise, madame.

La fille semblait frêle, avec cette sorte d'élégance fragile qui s'accordait avec le chapeau qu'elle confectionnait. Il était en voile de soie gris perle et elle fixait une longue plume incurvée autour de son bord. Un chapeau parfait pour Ascott, décida Mme Cathcart. Trop compliqué, trop vieux même pour Olive. Un genre qui irait bien à Sally Bremer.

Une autre porte était ouverte derrière Annabel. On apercevait un petit escalier en spirale qui montait sans doute au logement au-dessus de la boutique.

— Vous habitez ici aussi ?

Annabel hocha la tête. Bien qu'elle parût accorder toute son attention aux visiteuses, elle travaillait sans une hésitation à son ouvrage. Ses doigts passaient d'un côté à l'autre de l'immense plume grise, la fixant au bord du chapeau tandis que Mme Cathcart continuait à faire un silencieux inventaire du magasin.

L'ombre de la maison, de l'autre côté de la rue, effaçait le soleil de sorte que tout ce que contenait la pièce paraissait d'une teinte uniforme. Il n'y avait pas grand-chose dans la boutique, naturellement, la jeune fille l'ayant ouverte depuis peu. Quelques rayonnages où s'entassaient, bien en ordre, des boîtes de carton ; un haut miroir contre un mur

avec une chaise devant, à peu près rien de plus,
à part la table de travail. Madame Cathcart s'assit
sur la chaise; il faisait chaud et elle était fatiguée.
Olive aussi sans doute, elle était pâle. Mais il lui
fallait rester debout.

— Vous venez d'arriver à Failford, je crois ?
demanda Mme Cathcart.

— Oui, madame.

— Mon amie, madame Bremer, vous a recom-
mandée à moi.

— Madame Bremer est très bonne. Elle m'a
procuré beaucoup de clientes. Elle aime beaucoup
les chapeaux.

Sur ces derniers mots, Annabel sourit, mais ses
yeux glissèrent de la cliente âgée à la jeune, comme
si elle pensait que cette dernière saurait mieux
apprécier la plaisanterie.

— Vous travaillez rapidement.

Madame Cathcart jetait un regard appréciateur
sur la plume, déjà fixée à sa place.

— Je donne une garden-party mercredi prochain,
reprit-elle, et ma fille a besoin d'un chapeau. Un
chapeau de paille très simple, dont la garniture serait
assortie à sa robe.

— Je comprends. Quelque chose de frais et de
naturel, seyant à une jeune fille.

Annabel rompit son fil d'un coup de dent, puis
piqua son aiguille dans une pelote en forme de
cœur qui pendait à son cou par un cordon. Sur
ses lèvres, le sourire s'accentua un instant, puis disparut.

— Exactement. Mais il faut que cela aille avec
la robe. Je vous ai apporté un morceau du tissu
pour que vous puissiez assortir le ruban. Peut-

être pourrait-il y avoir un ruban traversant un large bord et se nouant sous le menton...

— Parfaitement. Le style bergère.

— C'est bien cela que tu voulais, Olive ? Pas trop habillé pour une simple réunion d'après-midi ?

La jeune modiste examinait le morceau de tissu. Elle se leva et alla prendre une boîte pleine de rubans de toutes les couleurs. Elle examina le tissu à côté de l'un, de l'autre, d'un autre encore. Olive fit un petit geste d'impatience.

— Veux-tu choisir pendant que je vais dehors ? dit-elle à sa mère. J'ai..., j'ai besoin d'air.

— Tu ne te sens pas bien ? Tu n'aurais pas dû tant courir avec les enfants par cette chaleur.

— Mais si, je me sens bien. Je vais suivre lentement la rue et je t'attendrai près du port.

Annabel avait sélectionné deux rubans. Elle ne fit aucune attention à la sortie d'Olive.

— Je crois, madame, dit-elle, que des rubans exactement de la couleur de la robe feraient trop fade. Même une très jeune fille ne souhaite pas être fade. Pourquoi pas une teinte légèrement contrastante ? Violet, par exemple, avec le bleu ?

— Je vois que vous êtes une artiste. Qu'en penses-tu, Olive ? Ne crois-tu pas que ce serait mieux en effet ?

Personne ne répondit. Olive avait quitté la boutique.

— Si vous pensez que votre fille sera d'accord, je vais faire la garniture violette. Sur un chapeau de grosse paille jaune d'or. Ce sera prêt pour mercredi, je vous le promets.

La porte du magasin était restée ouverte. Dehors, la petite rue était silencieuse. Soudain retentit un pas rapide et léger, venant du côté de la grande rue. Un instant plus tard, Mme Bremer parut sur le seuil.

Sans raison apparente, elle eut l'air stupéfaite en trouvant là Ellen Cathcart, mais elle se ressaisit vite.

— J'espère que nous aurons ce temps magnifique pour votre réception, dit-elle. Je m'en réjouis à l'avance. N'oubliez pas que vous dînez chez moi demain, en amenant le cousin australien !

Annabel s'était levée à demi par politesse, puis elle reprit son aiguille. Sally Bremer regarda ce qu'elle faisait.

— Comme c'est charmant ! dit-elle. Les plumes adoucissent le visage, surtout quand on vieillit un peu.

— J'ai bien pensé que cela vous plairait, madame. Il sera fini pour la semaine prochaine.

— La semaine prochaine ?

— Pour la garden-party, dit Annabel d'une voix unie.

Elle prit le chapeau et le fit tourner lentement pour que l'air venant de la porte soulevât la grande plume qui le bordait.

— Mais, je n'ai pas...

— Peut-être aimeriez-vous l'essayer ? Votre amie, madame Cathcart, pourrait nous conseiller s'il fallait une petite modification.

Ellen Cathcart regarda avec intérêt la jeune fille retirer le chapeau de la tête penchée et le remplacer par l'autre. Elle remarqua que Sally avait rougi et semblait contrariée : sans doute voulait-elle que la nouvelle création soit une surprise pour tout le monde y compris la maîtresse de maison.

— C'est ravissant ! dit-elle avec chaleur. Ce gris doux embellirait une robe quelle qu'elle soit.

Sally ne répondit pas. Madame Cathcart arrangea un rendez-vous pour qu'Olive vienne essayer son chapeau, puis elle quitta le magasin et se mit à la recherche de sa fille. Dès qu'elle fut sortie, Mme Bremer se tourna vers Annabel avec colère.

— Sans doute, ce chapeau sera-t-il aussi coûteux que celui que vous m'avez imposé dernièrement ?

— La mousseline de soie est très chère, madame, et aussi les belles plumes comme celle-ci. Vous ne m'aviez pas dit qu'il vous fallait un chapeau pour une garden-party quand je vous ai fait le dernier : il ne convient pas du tout.

— Peut-être pas, en effet...

Sally se pencha pour se regarder dans la glace de nouveau. Le chapeau était un enchantement. Ses larges bords voilaient d'une ombre fort seyante les rides légères du front qui lui causaient quelques soucis. La douce plume frisée lui faisait perdre cinq ans d'âge. Qui savait si le riche, le millionnaire cousin d'Australie...

Elle releva brusquement la tête. Provoquer l'admiration est très joli mais...

Elle enleva doucement le chapeau.

— Bon, dit-elle. Je le prends.

Annabel sourit.

— Voici la facture, dit-elle.

— La facture ? Mais il n'est même pas terminé !

— Vous m'apportez le deuxième trimestre du loyer, n'est-ce pas ? J'ai pensé qu'il serait peut-être commode de mettre les deux sommes sur le même chèque. Je suis obligée de payer mes fournitures au comptant.

Elle avait préparé une petite facture bien claire, et la tendit à Mme Bremer. Celle-ci fronça les sourcils, se rappela la ride et détendit son front. Elle ouvrit son sac et en tira le chèque qu'elle modifia. Elle regarda de nouveau le chapeau pour se remettre : il était vraiment magnifique.

— Madame Cathcart voulait-elle un chapeau ? Je vous ai recommandé à elle.

— Pas pour elle, pour sa fille.

— Faites de votre mieux pour Olive, dit Sally. Je l'aime beaucoup, la pauvre petite.

— Pourquoi la traitez-vous de pauvre petite, madame ?

Madame Bremer remettait son chapeau. Elle répondit distraitement en pensant au joli chapeau gris :

— Ce n'est pas drôle d'être jeune et jolie et de ne pas avoir d'argent. J'espère que le riche cousin australien va arranger les choses.

— Sera-t-il à la garden-party ?

— Monsieur Gowdie ? Oh ! oui. Son yacht est toujours dans le port, ce grand bateau blanc. J'en ai oublié le nom. On annoncera certainement les fiançailles à la réception. De toute façon, s'il y a du champagne, je comprendrai.

Restée seule, Annabel rangea soigneusement le chèque. Elle reprit son ouvrage un moment et enfin le laissa. Elle redressa son dos qui lui faisait mal, à être continuellement courbé. L'ombre s'épaississait. Elle se leva, sortit de la boutique, en ferma la porte, et partit vers le port pour respirer l'air frais.

Le grand yacht était là. Son propriétaire en descendait. Annabel le vit marcher sur la passerelle et arriver sur le quai. Il passa si près d'elle qu'elle le vit très bien. Elle ne doutait pas de son identité. Il ne la remarqua pas : peu de gens la remarquaient quand elle ne faisait rien pour cela.

Songeuse, elle observa le jeune homme qui s'en

allait vers la ville. Peut-être allait-il voir cette Olive Cathcart. Cette fille qui avait tout pour elle, et n'était même pas capable de patienter un instant pour discuter d'un nouveau chapeau...

Ils allaient dîner ensemble, dans un cadre, certes, très différent du café de la Lagune. En pensant au café, Annabel remarqua qu'elle avait faim. Elle partit en direction du pont qui enjambait la rivière.

L'amoureux d'Olive serait-il là à l'attendre ? se demanda Annabel. Il était là tous les après-midi, assis tout seul, avec un visage triste, se tournant vers la porte chaque fois qu'entrait un client. Parfois, Annabel avait presque envie de lier connaissance avec lui et de joindre à la sienne sa propre solitude. Mais Mlle Cathcart avait agi sottement. Mieux valait ne pas suivre son exemple.

*
**

Le dîner, chez Mme Jack Bremer, fut comme tous ses dîners, très réussi.

Evelyne Cathcart était contente de n'avoir pas eu à prévoir de dîner chez elle. Hamish Gowdie, avec sa simplicité de colon, avait pris l'habitude de venir à Bellshaw House presque chaque soir à l'heure du repas. C'était un peu éprouvant, quand il y avait des restes à finir, de rajouter toujours quelque chose. Les notes du boucher augmentaient terriblement. Et quel ennui de mettre chaque soir les candélabres d'argent sur la table pour le cas où... Aucun signe de pauvreté ne devait effrayer le prétendant. Ils avaient même engagé la dépense d'une grande tente et commandé les services d'un traiteur pour la garden-party.

L'aspect financier, cependant, ne semblait nullement préoccuper Hamish. Ce qui seul importait fut qu'il ait pris sa décision. Plus tôt le mariage serait célébré, plus vite Charles pourrait parler à son beau-frère de ce prêt. Voyons ! Il n'avait pas besoin de s'absenter pour laisser à Olive le temps de réfléchir davantage ! Seuls son orgueil, cette susceptibilité qui redoutait la moindre rebuffade expliquaient cette inutile précaution.

Madame Bremer, flairant ce qu'il y avait dans l'air, s'occupa surtout de Charles. Il était visible que l'Australien s'intéressait à Olive, et la jeune fille avait un air heureux, ce soir, qui la rendait non pas jolie, mais belle. Elle parlait peu. Hamish parlait beaucoup, mais son regard revenait à elle à chaque instant.

Quand ils eurent regagné le salon, Olive s'assit près de la fenêtre et bientôt Hamish vint la rejoindre. Avec les longs jours d'été, rideaux et fenêtres étaient restés ouverts et à travers le murmure de leurs voix, on entendait, venant du Green, le faible écho de la musique.

— Les Pierrots, je suppose, dit Charles en souriant. Vous devez très bien les entendre de l'autre côté de la maison.

— Ma cuisinière les entend, dit Sally. Les fenêtres de la cuisine donnent sur le Green. Si je dois mettre une annonce pour en avoir une autre, je crois que je mentionnerai le fait comme argument en ma faveur.

Olive se leva brusquement pour ne plus entendre. Comment avait-elle pu être assez sotte pour jouer ce jeu avec Bob Crowther ? Elle s'était conduite stupidement, méchamment. La seule excuse qu'elle se trouvait était sa déception de ne pouvoir quitter

Failford. Et pourtant, si elle était allée à Londres, elle n'aurait pas rencontré Hamish...

— La soirée devient fraîche, je vais fermer, dit Mme Bremer, interprétant charitablement le soudain geste de la jeune fille.

CHAPITRE IX

Le lendemain du dîner chez Mme Bremer, Hamish s'aperçut qu'il avait oublié son foulard blanc chez elle.

— Allez la voir cet après-midi, lui conseilla Evelyne. De toute façon, vous devez lui faire une visite. Vous reprendrez votre foulard en même temps.

Evelyne pouvait sans crainte envoyer le jeune homme chez Sally qui s'était montrée parfaite le soir précédent. De plus, Evelyne avait remarqué que si, parfois, elle exerçait son charme sur un homme, elle reculait toujours avant que les choses ne deviennent sérieuses. On aurait cru que, pour elle, le mariage était une chose à regarder de loin, mais à éviter.

Hamish comprit qu'il s'agissait d'un détail de l'étiquette anglaise. Quand Olive et lui seraient mariés, ils vivraient à l'autre bout du monde et n'auraient plus à se soucier de cela.

Il se rendit à Eden Court vers cinq heures.

La femme de chambre qui lui ouvrit la porte lui dit que Mme Bremer était allée au Green pour promener son chien comme tous les jours, et qu'elle allait revenir. Voulait-il l'attendre ?

Comme il traversait le vestibule, il remarqua qu'il y avait là une autre personne qui attendait, une jeune personne estimée indigne du salon et qu'on laissait sur une chaise dure, dans l'entrée. Elle avait une grande boîte de carton sur les genoux et se penchait en avant pour ne pas s'appuyer contre l'écusson sculpté sur le dossier de sa chaise.

Elle lui fit penser à une fleur à longue tige courbée par le vent. Elle croisait ses fines chevilles et les chaussures à talons plats qu'elle portait lui donnaient l'air enfantin.

Leurs regards se croisèrent.

— Qui devrai-je annoncer, monsieur ? demanda la femme de chambre.

— Monsieur Gowdie.

Il vit tressaillir la jeune fille quand elle entendit le nom. Puis la femme de chambre ouvrit la porte du salon et il entra, pour rester seul avec ses pensées.

Elles étaient plaisantes. Le miroir, au-dessus de la cheminée, reflétait un visage heureux. Il était venu à Failford avec des intentions précises et il avait trouvé ce qu'il voulait. Il avait sous les yeux la chaise sur laquelle elle s'était assise la veille au soir. Elle était jeune et elle l'aimait. Il pourrait faire d'elle ce qu'il voulait. Son regard s'attarda presque tendrement sur la chaise vide.

Malgré cela, il gardait l'intention de faire ce qu'il projetait : quitter Failford quelques jours pour lui laisser le temps de voir clair dans ses sentiments. Pour lui, déjà, il n'en doutait pas, mais elle pouvait craindre de s'en aller si loin de sa famille.

Il pourrait interroger Charles à ce sujet. Il

avait été rejeté par une jeune fille, un jour ; après l'avoir encouragé, elle lui avait tourné le dos. Ce seul souvenir heurtait encore son amour-propre.

Plus jamais une femme n'aurait l'occasion de le refuser.

Il regarda l'heure à la pendule : il était près de six heures. Il regrettait maintenant de n'avoir pas simplement repris son foulard sur la table du vestibule où il l'avait oublié, en laissant sa carte à la place, pour repartir aussitôt.

Il se leva avec impatience et s'approcha de la fenêtre qui donnait sur la façade arrière de la maison. Le jardin était aussi magnifique que sa propriétaire. Le soleil faisait briller les vitres de la serre et la petite girouette ornementale sur son toit.

Une femme comme Mme Bremer pourrait être divertissante. Il n'y avait, cependant, rien en elle qui fût énigmatique et mystérieux, et les femmes qu'on peut déchiffrer comme un livre ouvert ne l'avaient jamais intéressé.

Olive Cathcart n'avait rien d'énigmatique non plus, mais c'était une page blanche sur laquelle il pourrait écrire ce qu'il voulait.

Il décida de ne pas attendre davantage.

Ce fut seulement en descendant l'escalier qu'il se rappela la jeune fille assise dans le vestibule. Y était-elle encore, attendant patiemment le retour de sa cliente ? Probablement. Ces gens de races mêlées ont une patience incroyable. Il jeta un regard par dessus la rampe ; oui, elle était là. Elle avait entendu son pas et elle leva la tête à ce moment précis, de nouveau leurs regards se croisèrent.

— Je me demande si madame Bremer est partie définitivement ? dit-il.

Il sourit pour bien lui montrer qu'il plaisantait.
Il regarda le carton qu'elle tenait sur ses genoux,
un carton de forme ovale sur le couvercle duquel
un nom était écrit en grandes lettres dorées :
ANNABEL.

Elle leva les yeux vers le jeune homme. La porte
de service, derrière lui, demeura fermée, ils étaient
seuls dans le vestibule.

— Il y a longtemps que j'attends. Je suis arrivée
avant vous, monsieur.

Oui, elle avait cette jolie voix argentine qu'elles
ont toutes. La lassitude y perçait et il en fut ému.

— Pourquoi ne laissez-vous pas le carton ici et
ne partez-vous pas ? demanda Hamish. Annabel est-
elle votre patronne ? Serait-elle fâchée si vous le
faisiez ?

— Je suis Annabel, dit-elle.

— Annabel... comment ?

Il regretta d'avoir posé la question. Le nom
serait probablement chinois. Mais il ne l'était pas.

— Annabel Smith, dit-elle de sa jolie voix chantante.

— Et vous avez un magasin à vous ?

— Je suis modiste, monsieur.

Il commençait à prendre plaisir à la rencontre.
Son expérience des femmes lui disait que celle-là
était certainement capable de se débrouiller seule,
mais son apparence fragile et mystérieuse l'intriguait. Qu'y avait-il derrière ?

— Ainsi, vous avez votre nom inscrit en lettres
d'or sur des boîtes à chapeaux, et probablement
aussi sur un magasin de la ville. Je me demande
si je suis passé devant ?

— Non, si vous ne descendez pas au port,

monsieur. Le magasin se trouve dans la rue de l'Ancre.

— Mon yacht est amarré dans le port ; naturellement, j'y descends, dit Hamish étourdiment.

Il comprit aussitôt qu'il avait trop parlé.

— Le yacht blanc ? disait Annabel. Et vous êtes australien, n'est-ce pas ?

Oui, il avait aperçu dans ses yeux une étincelle, immédiatement cachée ; elle regardait la boîte à chapeau d'un air modeste. Mais le mal était fait, s'il s'agissait de mal. Ma foi, si la chose s'était produite dans le port de Sydney, Olive Cathcart se trouvant à des milliers de milles de là, il aurait pu être amusant d'offrir un peu de bon temps à cette fille à bord.

Avec effort, il détourna sa pensée du plaisir de transformer cette Cendrillon, mais il ne put s'empêcher de dire :

— Il faut que je cherche votre magasin.

Elle leva les yeux de nouveau et il y avait dans son regard quelque chose qui ressemblait à une invite, mais elle dit seulement :

— Les messieurs n'entrent pas dans des boutiques de modistes, à moins que leur femme ne les y entraînent.

— Je n'ai pas de femme pour m'entraîner où que ce soit. Depuis combien de temps êtes-vous dans les affaires ?

Elle jouait avec le ruban qui retenait le couvercle à la boîte, le dénouant et le renouant pour faire un plus joli nœud. Ses mains étaient belles et les mouvements de ses doigts le fascinaient. Il attendait sa réponse.

— Il y a peu de temps.

— Peu de temps ?

Il cherchait une excuse pour ne pas s'en aller. Il savait très bien qu'elle cherchait à l'aguicher, mais il s'était déjà trouvé dans ce genre de situation et savait parfaitement en sortir.

— Je suis venue ici au printemps : j'ai ouvert mon magasin et je travaille seule. Madame Bremer est ma meilleure cliente ; elle m'achète beaucoup de chapeaux et m'a envoyé une bonne clientèle.

— J'espère qu'elle paye bien.

— Oui, et tout de suite. Je lui apporte ce nouveau chapeau pour savoir s'il lui plaît.

La porte de service s'ouvrit brusquement et la femme de chambre parut. Hamish recula et prit son foulard.

— J'ai oublié cela ici hier soir, dit-il. J'espérais voir madame Bremer, mais je ne puis attendre plus longtemps. Veuillez lui remettre ma carte.

Il sourit de son air hardi et sortit. En arrivant au bout de l'avenue, il hésita, puis décida de ne pas se rendre à Bellshaw House tout de suite. Charles Cathcart était assommant et il n'avait pas envie de faire la conversation avec lui jusqu'au dîner. Il décida d'aller voir à la poste s'il avait du courrier.

Charles avait travaillé au jardin cet après-midi-là. Il n'aimait ni le travail ni les jardins, mais il fallait que tout soit convenable pour la réception et il n'avait pas de quoi payer un jardinier plus d'une fois de loin en loin. Il avait tondu la pelouse ; il alla ranger la tondeuse et regagna la maison pour boire quelque chose. Dans le vestibule, il rencontra les enfants qui étaient allés en ville avec leur mère qui voulait fixer les derniers détails avec le traiteur.

— Maman a commandé des glaces ! annonça Jenny.

— Vraiment ?

Evelyne montait rapidement l'escalier, redoutant des questions sur les prix. Charles demanda avec appréhension :

— Qu'a-t-elle commandé d'autre ?

— Pas grand-chose excepté la tente. Ensuite nous sommes allés à la poste acheter des timbres.

— Nous avons vu là le cousin Hamish, mais il ne nous a pas vus : il était à un autre guichet. J'ai couru pour lui parler mais il ne m'a pas vu non plus. Il demandait s'il y avait des lettres pour monsieur Manson.

— Veux-tu dire qu'il était à la poste restante ? Il devait demander des lettres à son nom !

— Il a dit « Manson ».

Alan parlait sur le ton péremptoire qu'il prenait quand il s'attendait à ce qu'on ne le croie pas. Ce qui se produisit. Sans plus faire attention à son fils, Charles alla se laver les mains.

Une plate-bande de pensées parfumées entourait la margelle du vieux puits, recouverte par une grille de fer. Madame Bremer, en compagnie de Charles, s'en approcha.

— Qu'elles sont belles ! dit-elle. C'est extraordinaire, si tard dans la saison !

— Pourquoi ? demanda Charles. Nous sommes encore en été !

Il était de mauvaise humeur, pensa Sally Bremer. Et pourquoi s'opposait-il à ce que la saison fût avancée ? A ce moment, le visage de Charles s'éclaira. Olive et son nouveau cousin se promenaient dans le jardin. Il devait être content du mariage de sa sœur avec un homme si riche, se dit Sally. Les

fiançailles n'étaient pas encore annoncées, mais naturellement la garden-party était donnée pour le présenter à tout le monde.

Et ce serait un mariage d'amour, à en juger par
l'expression d'Olive. Il y avait cependant quelque
chose d'autoritaire, de possessif en Hamish Gowdie
qui mettait Sally vaguement mal à l'aise. Elle avait
toujours eu un sixième sens en ce qui concernait
les amours des autres.

Sous la tente, la plupart des invités s'étaient rassemblés. Sally s'y rendit avec Charles, puis pensa
qu'il ne fallait pas qu'elle le monopolise trop longtemps. De plus, bien qu'il fût bel homme, il n'était
pas très amusant.

Les deux jeunes gens étaient arrivés au puits et
Olive s'assit sur la margelle. Elle savait qu'elle faisait partie d'un charmant tableau, avec ce tapis de
pensées à ses pieds. Elle aurait pu venir là pour
séduire n'importe qui, mais maintenant, rien ne
l'intéressait, rien n'avait d'importance, sauf d'allumer une lueur admirative dans les yeux d'Hamish.

La lueur parut. Il avait l'intention de lui demander sa main, elle en était sûre. Mais alors que la
déclaration du pauvre Bob Crowther l'avait seulement flattée, celle qu'elle attendait de l'Australien
était pour elle une question de vie ou de mort. Si
elle ne passait pas auprès de lui le reste de son
existence, elle préférait mourir.

— Y a-t-il encore une source dans ce puits ou
est-il tari ?

Le jeune homme fit un pas en avant pour être
plus près d'Olive. Elle était vraiment exquise. Inex-
périmentée, naturellement, et parfois vraiment trop
naïve. (Pourquoi l'image de la jeune métisse passa-
t-elle dans son esprit ?) mais cela signifiait qu'il la

façonnerait d'autant plus facilement. Par elle, il allait accomplir ce qu'il était venu faire en Grande Bretagne. Il était rare qu'il ne parvînt pas à réaliser ses projets. Le triomphe et la fierté lui chauffèrent le cœur soudain, et craignant que cela ne s'inscrivît sur son visage, il se détourna.

Devrait-il courir sa chance maintenant ? Pour l'instant, il avait oublié la fille de Melbourne qui l'avait encouragé pour le refuser finalement. Mais à ce moment, Evelyne Cathcart parut et rompit le charme. Avec elle revint la prudence. Mieux valait s'en tenir à son plan primitif : laisser Charles interroger Olive pendant son absence et ne pas risquer un refus.

Mais il était sûr de ne pas essuyer de refus de la part de la jeune fille.

— Ne voulez-vous pas une tasse de thé ? demanda Evelyne en les rejoignant.

Ils s'éloignèrent du puits ensemble. Les invités se répandaient dans le jardin, portant des coupes de glaces ou de fraises. Madame Bremer ressortit de la tente, bavardant avec des amis. Elle portait le chapeau gris perle orné d'une plume frisée sous lequel elle avait les joues roses. Que ce fût dû au plaisir ou au fard était sans importance. Ses cils semblaient plus longs que jamais, et plus sombres. Visiblement, elle s'amusait.

— Monsieur Gowdie ! s'écria-t-elle. J'ai été désolée de manquer votre visite l'autre après-midi.

— J'en ai été désolé aussi. J'étais venu vous remercier de votre charmante soirée, et aussi pour chercher mon foulard.

— Eh bien, vous pourrez revenir. Olive, il faudra l'amener pour le thé un de ces jours.

On le considérait comme sa propriété ! Olive

sentit le bonheur la submerger. Elle remarquait que tout le monde les regardait avec intérêt tandis qu'ils se dirigeaient vers la tente. Certains murmuraient : « Comme elle est jolie aujourd'hui ! Je ne m'en étais jamais aperçue. Mignonne, oui, mais sans plus... » D'autres baissaient la voix pour ajouter : « Je crois qu'il est follement riche ! »

Alan et Jenny circulaient joyeusement parmi les groupes. Alan portait une corbeille en argent pleine de fraises, avec une louche pour les servir. Jenny le suivait avec la crème. De temps à autre, ils disparaissaient dans un coin discret où ils avaient caché deux soucoupes. Pour finir, Alan se sentit un peu malade.

— Vite ! s'exclama soudain Jenny. Nana nous cherche ! Allons derrière la tente !

Mais Nana marchait d'un pas décidé à travers la pelouse car elle les avait déjà vus.

— Venez, dit-elle. Il est tard. Venez dîner. Non que vous en ayez besoin si je vous connais bien, vous devez avoir déjà trop mangé.

— Il n'est pas tard, Nana ! La réception n'est pas finie !

— Les gens ne savent pas quand il est l'heure de partir.

— Ne pouvons-nous...

Mais elle les prit par la main et les entraîna fermement vers la maison.

— Il faut que vous soyez au lit de bonne heure, dit-elle. Le dîner sera un peu en avance à la cuisine : la cuisinière a un invité.

— Qui est l'invité ?

— Ce jeune homme, Bob, l'ami de son neveu. Il aurait pu choisir un autre soir pour s'annoncer, avec tout ce qu'il y aura à mettre en ordre, et le dîner à la salle à manger. Mais il viendra après le spectacle.

La foule diminuait. Finalement, le dernier invité s'en alla. Le traiteur arriva avec ses employés et ils commencèrent à replier la grande tente rayée. Ils emballèrent la porcelaine et les verres dans de grands paniers et partirent, laissant derrière eux un silence d'épuisement. Evelyne Cathcart s'était allongée dans sa chambre. Hamish Gowdie, en ayant assez de trop de civilisation, était allé au port pour monter sur son bateau et se préparer à une croisière d'une semaine le long de la côte, qu'il préférait à une visite de Londres.

Après que Nana fût descendue, Alan se glissa hors de son lit et se rendit, comme d'habitude, pieds nus, dans la chambre de sa sœur. Comme d'habitude, celle-ci essayait de lire.

— Ne m'ennuie pas, dit-elle.

Elle n'en posa pas moins son livre.

— Je sais ce qu'elles lui donnent, à la cuisine. Elles lui donnent du poisson frit avec du ketchup, et du pain et du fromage, et de la compote de groseilles, et...

— Tu inventes.

— Pas le poisson. On en sent l'odeur chaque fois que quelqu'un passe par la porte de service.

— Maman va être fâchée : elle déteste l'odeur de poisson frit !

— Elle ne déteste pas l'odeur quand elle mange le poisson elle-même, dit Jenny.

Elle reprit son livre. Alan s'approcha de la fenêtre ; peut-être la vue, de là, était-elle différente de la vue de sa fenêtre à lui.

— Je n'ai pas sommeil du tout, dit-il. J'ai envie de descendre dans le jardin.

— Tu n'oseras jamais, déclara sa sœur.

— Et pourquoi, je n'oserais pas ?

— Très bien. Vas-y. Mais tu ferais mieux de mettre tes pantoufles, sinon tu te feras mal aux pieds sur les cailloux.

— Je vais les mettre à l'instant.

Un délicieux silence tomba. Jenny s'était si bien plongée dans son livre qu'elle n'entendit pas la porte de service s'ouvrir. Un pas plus pesant passa sous sa fenêtre, accompagné d'une bouffée d'odeur de tabac. Le temps s'écoulait... La petite fille commençait un nouveau chapitre quand Alan reparut près de son lit.

— J'ai eu une aventure ! proclama-t-il.

Il était si rayonnant que Jenny comprit qu'il s'était effectivement passé quelque chose, et qu'il allait tout lui raconter, en brodant abondamment. Elle tenta de le maintenir dans la vérité avant qu'il ne se soit lancé dans les inventions.

— Je vais te dire ton aventure ! déclara-t-elle. Tu étais dans le potager à manger une gousse de petits pois quand l'homme de la plage est venu du jardin et il a failli t'attraper.

Elle se rappelait tout à coup les pas, le tabac, et l'odeur de poisson frit ainsi que l'invité de la cuisinière. Si seulement Alan s'était fait prendre ! se dit-elle.

— Comment le sais-tu ? demanda-t-il, tout dépité.

— Parce qu'il devait venir dîner.

— Je n'étais pas près des petits pois. Je me suis arrêté devant ce gros buisson qui est à l'entrée du potager, parce que j'ai vu Olive. Elle était assise sur le banc sous l'arbre, comme si elle voulait être seule pour réfléchir à quelque chose. Je voulais rentrer sans qu'elle me voie, mais j'ai entendu quelqu'un marcher sur le gravier. Alors je suis resté sans bouger, derrière le buisson.

— Il ne t'a pas vu ? Tu es sûr ?

Alan secoua la tête.

— Il regardait Olive. Elle a sauté sur ses pieds et s'est mise à courir vers la maison, mais il lui a barré la route et elle a été obligée de s'arrêter.

— Pourquoi l'a-t-il forcée à s'arrêter ?

— Parce qu'il voulait lui parler, je suppose. D'abord, elle a dit : « Excusez-moi de ne pas vous avoir vu dans la rue hier, mais je regardais quelque chose à la devanture d'un magasin, et...

Jenny interrompit son frère.

— Ce buisson n'est pas assez près de l'allée pour que tu aies entendu ça. Cesse de mentir.

Alan prit un air offensé.

— Enfin, je savais ce qu'elle allait dire. Je suis sorti avec elle hier, alors je sais ce qui s'est passé. Tu n'y étais pas, alors tu ne sais pas. Il venait à notre rencontre pour nous parler, mais Olive s'est arrêtée tout à coup devant un magasin et elle a regardé, regardé la devanture jusqu'à ce qu'il soit passé.

Le récit rendait un son d'exactitude.

— Qu'y avait-il à la devanture ? demanda Jenny intéressée.

— Pas grand-chose. C'était un marchand de bicyclettes.

— Qu'est-ce qui s'est passé ensuite ? Je veux dire dans le jardin ?

— Ils ont parlé un moment mais je n'ai pas entendu ce qu'ils disaient. Et puis l'homme de la plage est parti.

— Olive est-elle allée avec lui ?

Alan secoua la tête.

— Elle est retournée au banc et elle s'est mise à pleurer. Quand elle a mis son mouchoir devant ses yeux, je suis reparti. Elle n'a pas fait attention, elle pleurait tellement fort !

Jenny ne sut que penser. Elle regardait son frère d'un air dubitatif.

— Crois-moi ou pas, dit-il, mais je retourne me coucher pour être au lit quand elle viendra nous dire bonsoir.

Quand il fut parti, Jenny posa son livre et réfléchit. Elle entendit bientôt la porte de l'office s'ouvrir en bas : quelqu'un allait et venait entre l'office et la salle à manger pour mettre la table. Cousin Hamish reviendrait dîner comme d'habitude ; Grand-mère et Olive dîneraient donc aussi. Olive dînait presque tous les soirs à Bellshaw House maintenant.

Olive monta l'escalier. Elle entra dans la chambre de Jenny, la borda dans son lit et l'embrassa. Elle avait mis de la poudre de riz sur sa figure, la petite fille en sentit le parfum. Mais ses paupières étaient certainement un peu rouges.

Une heure plus tard, dans la salle à manger, Charles disait à sa femme :

— Chérie, je voudrais que tu dises aux domestiques de fermer soigneusement la porte de l'office. Ou de ne pas manger de poisson frit. L'un ou l'autre.

Hamish sourit intérieurement de leurs manies. Bien qu'il se fût volontairement introduit dans leur milieu, par moment, leur élégance surannée, leur distinction recherchée l'oppressaient. Il avait envie, soudain, de fuir le temps qu'il lui faudrait passer en haut dans le salon. Il fut content quand Charles parla de faire un tour à la fraîcheur, pour faire courir les chiens.

Le dîner avait été servi plus tard que de coutume et, quand ils arrivèrent au Green, il faisait presque nuit. Les fenêtres du premier étage, chez Mme Bremer, étaient éclairées et on les voyait par dessus le mur du jardin.

— Je me demande pourquoi elle ne s'est pas remariée ? observa Hamish en levant les yeux.

Charles devina la personne dont il parlait.

— Nous nous le demandons tous. Elle a pourtant de nombreux admirateurs.

Ils se dirigèrent vers l'esplanade. La mer était basse et le sable n'avait plus de couleur dans le demi-jour. Un phare, plus loin sur la côte, s'éclairait à intervalles réguliers. Ils étaient seuls sur l'esplanade.

Ayant rempli ses devoirs de maître de maison, Charles se sentit fatigué. Il siffla ses chiens.

— Je crois que je vais rentrer, dit-il.

Mais les chiens couraient après un chat. Il dut les appeler plusieurs fois avant qu'ils ne reviennent enfin. Dans le silence retrouvé, les deux hommes entendirent un pas qui approchait sur les dalles de la promenade.

C'était le capitaine Milligan, sa canne frappant le sol. Charles tourna vivement les talons, ne voulant pas se laisser retarder par le vieux marin, mais il entendit le capitaine qui saluait son compagnon.

— Vous faites une petite promenade, monsieur Manson ?

CHAPITRE X

— Tu dis qu'il faisait presque nuit. Il a peut-être pris Hamish pour quelqu'un d'autre.

— Ils n'étaient qu'à deux pas l'un de l'autre. Et Hamish lui a répondu comme s'il le connaissait très bien. Il croyait peut-être que je n'entendais pas, mais il se trompait.

Ellen Cathcart regarda son fils avec inquiétude. Elle savait que ses manières d'homme bien élevé n'étaient qu'un masque pour la montagne de craintes et de pressentiments qui l'avaient tourmenté depuis sa jeunesse.

Alan lui ressemblait, mais Alan avait une dureté qui manquait à son père. Très souvent, elle avait dû réconforter Charles pour le tirer de ses sombres pronostics. Elle recommençait à la minute présente.

— Tu es sûr qu'il s'agit du même nom ?

— Cela ne m'a frappé qu'après un moment. J'avais seulement trouvé bizarre qu'Hamish réponde à un autre nom que Gowdie. J'aurais peut-être même pensé que le capitaine avait fait erreur, comme tu le disais, et puis je me suis rappelé l'histoire d'Alan à la poste. C'est là que j'avais déjà entendu ce nom. Ce... Ce ne peut pas être une simple coïncidence.

Ellen Cathcart reprit le ton apaisant qui se révélait souvent efficace auprès de Charles petit garçon :

— Il pouvait être venu chercher des lettres pour le compte de quelqu'un d'autre. Quelqu'un s'appelant Manson.

Charles secoua la tête.

— On ne remet pas des lettres envoyées poste restante sans pièces d'identité. Je t'assure, Mère, nous avons été dupés. Rappelle-toi : je trouvais bizarre qu'il n'ait eu aucune lettre d'introduction pour nous. Il n'a fait notre connaissance qu'en s'adressant aux enfants sur la plage !

Malgré ses efforts, Ellen Cathcart sentit son courage l'abandonner. Si cette histoire était exacte, qu'arriverait-il à Olive aussi bien qu'à Charles ?

— Demain, il faut que tu interroges Alan de nouveau, dit-elle. D'un air très naturel, pour que, s'il y a erreur, finalement, il ne s'étonne pas. Redemande-lui quel nom Hamish a donné. Demande-lui aussi si on lui a remis des lettres.

— Mère, tu sais comme moi qu'Alan flairera quelque chose de louche immédiatement. Et il se lancera dans une de ses inventions. Sans aucun doute, il saura décrire chacune des lettres, et les timbres qu'elles portaient ! Je l'entends d'ici !

— Mais si tu lui redemandes le nom...

— Il l'aura oublié. Et pour me faire plaisir, il en inventera un autre.

C'était malheureusement vrai et elle le savait.

— Tu oublies la personne qui pourrait le mieux te renseigner, dit Ellen Cathcart.

— Qui cela ?

— Le capitaine Milligan, naturellement. Il faut que tu ailles le voir tout de suite.

— Evidemment, j'y avais pensé. Mais qui voudrait avouer à qui que ce soit qu'on a été dupé par un étranger ?

— Mon chéri, c'est la seule chose à faire. T'y refuser serait de l'enfantillage.

Elle avait vu son fils frémir en entendant la suggestion et elle savait pourquoi. Ce n'était pas pour la raison dont il parlait ; il avait horriblement peur que le capitaine ne confirme ses soupçons. Elle le regarda avec tendresse et pitié, mais les yeux grands ouverts sur ce qu'il pensait et redoutait. N'était-ce pas elle qui l'avait mis au monde ?

— Je me suis toujours méfié de lui, répétait-il, comme si le fait d'avoir peut-être eu raison pouvait améliorer les choses.

— S'il n'est qu'un simulateur, ce sera tragique pour Olive.

— Olive ?

Il ne songeait pas aux sentiments de sa sœur.

— Nous ne pouvons pas lui laisser épouser un aventurier, c'est évident... mais s'il en est un, comment puis-je me procurer l'argent pour rembourser ma dette à Eddie McCulloch au mois d'octobre ?

Ellen Cathcart ne trouva rien à répondre.

— Bien sûr, il y a les Courses en septembre...

Il s'interrompit brusquement avec un regard de biais vers sa mère, s'attendant à un sermon sur les dangers du jeu. Mais pour une fois, elle garda le silence sur ce sujet-là aussi.

Les courses de septembre ne pourraient-elles, miraculeusement, offrir une planche de salut ? Au cas contraire, une dette de plus ou de moins ne changerait pas grand-chose.

Charles regarda sa montre.

— Il n'est pas trop tard pour aller voir Milligan,

dit-il. Je ne fermerai pas l'œil cette nuit si je n'y vais pas.

Il embrassa sa mère et s'en alla. Par chance, Olive ne les avait pas dérangés. Elle et sa mère étaient rentrées chez elles de bonne heure et la jeune fille était allée se coucher, disant qu'elle avait mal à la tête. En y réfléchissant, elle était restée bien silencieuse pendant le dîner... Hamish avait-il éveillé ses soupçons par une phrase quelconque ? Avait-il avoué la supercherie ?

Des rais lumineux filtraient entre les rideaux du capitaine. Charles sonna donc à sa porte. Madame Macdonald vint lui ouvrir, son tablier blanc éclairant la nuit.

— Le capitaine Milligan est-il chez lui ?

— Où donc serait-il à cette heure ? Entrez, monsieur.

Il faisait chaud dans le petit salon ; le capitaine aimait avoir du feu le soir, même s'il avait fait très chaud dans la journée. Des appliques au gaz, de part et d'autre de la cheminée, réchauffaient encore la température. Charles en fut presque suffoqué.

— Bonsoir, lui dit le capitaine qui se levait et tendait la main. Je vous connais de vue bien que nous ne nous connaissions pas vraiment. Voulez-vous un verre de vin ?

— Non, merci, dit Charles. Je viens pour affaire. Une affaire assez pénible.

Il se laissa tomber dans le fauteuil que lui indiquait le vieux marin. Il savait, d'ordinaire, rompre la glace, mais ce soir il ne savait comment mettre sur le tapis l'identité de l'Australien sans trop de brutalité. Le capitaine lui laissa le temps de se ressaisir. Il s'assit en face de lui sans se presser.

— Nous nous connaissons de vue, dit-il, vous savez mon nom et je devrais savoir le vôtre ; on connaît tous les visages, à Failford.

Malgré ses émotions, Charles fut un peu agacé de n'être pas connu par son nom.

— Je suis Charles Cathcart, dit-il enfin. Je crois que vous connaissez mes enfants. Ils parlent de vos rencontres sur la plage.

— Jenny et Alan ? Nous sommes des amis ! Que puis-je faire pour leur père ?

— Si vous pouviez me parler de l'homme que vous avez appelé Manson ce soir ?

Le capitaine ne répondit pas tout de suite. Il regardait son visiteur d'un air pensif.

— Permettez-moi de vous poser une question, dit-il. Que voulez-vous savoir ?

— Je veux savoir pourquoi il s'est présenté à nous sous un autre nom. Un nom de notre famille, Godwie.

— Ah ! Il a fait ça ?

Irrité par le flegme de son hôte, Charles expliqua avec indignation :

— Il s'est fait passer pour un descendant des Gowdie, du Château Gowdie. Il a courtisé ma sœur...

Stupéfait et furieux, Charles vit le capitaine rejeter sa tête en arrière en éclatant d'un rire bruyant.

— Ce garçon-là est capable de tous les tours que vous pourriez imaginer, dit-il. Surtout quand il y a une jeune personne dans les parages.

— Ainsi, vous êtes certain que son nom est Manson ?

— C'est sous ce nom-là qu'il a navigué avec mon équipage lors de mon dernier voyage, avant ma retraite. Je manquais d'hommes : je l'ai embauché à Sydney et il m'a donné satisfaction.

— Combien de temps y a-t-il de cela ?

— Pas loin de vingt ans. Il doit avoir dans les quarante ans maintenant, je suppose : il était tout jeune à cette époque. Mais je n'oublie jamais les hommes qui ont navigué sous mes ordres, et quand il est venu me parler l'autre soir...

— Il vous a parlé ?

— Il a traversé la rue, la main tendue, en disant :

« Content de vous voir, capitaine ! Vous souvenez-vous de moi ? Je m'appelle Manson. »

— Comment a-t-il osé ! s'exclama Charles, outré.

Le capitaine fut pris de compassion.

— Il n'aurait pas dû vous raconter d'histoires, monsieur Cathcart, et je ne le défends pas, mais où l'avez-vous rencontré ?

— Mes enfants l'ont vu les premiers. Il leur a parlé sur la plage. Il leur a parlé du Château Gowdie, puis il leur a dit son nom et a ajouté qu'il était un descendant de la famille. Ma mère, survenant, l'a invité chez moi. Et ma sœur...

— Ah ! dit le capitaine. Là, il est allé trop loin.

— Trop loin ?

— Voyez-vous, monsieur, jusque là, ce pouvait n'être qu'une plaisanterie, une histoire inventée pour amuser les enfants. Mais quand il a vu qu'on le prenait au sérieux, qu'il est allé chez vous, et que sans doute votre sœur lui a plu...

— Il s'est dit très riche.

— Il était sans un sou quand il s'est joint à mon équipage. Il faut dire qu'il est peut-être riche maintenant, mais il passait pour être très vantard ; il prétendait que son père avait de quoi acheter la moitié de Sydney, mais qu'il s'était disputé avec lui.

Il ne restait qu'un espoir, le yacht.

— Peut-être qu'il a de l'argent maintenant, dit le capitaine en réponse à la question de Charles. Il peut en avoir gagné, ou hérité... il peut avoir loué le bateau. Cela lui ressemblerait assez de tout dépenser pour faire sensation.

Charles se leva, se sentant malade.

— Merci, dit-il. J'en sais assez.

En traversant le port, il vit que le yacht avait changé de mouillage : il était juste à la sortie du port, comme prêt au départ. Ses lumières parurent faire un clin d'œil à Charles dans la nuit.

*
* *

L'homme qui disait s'appeler Manson, ou Gowdie, regarda sa montre, puis marcha plus lentement. Inutile d'arriver à Bellshaw House avant quatre heures et demie, heure à laquelle elle y serait sûrement. S'il arrivait plus tôt, il serait obligé d'écouter le bavardage d'Evelyne ou les remarques idiotes de Charles.

Olive viendrait sûrement, puisqu'il avait pris l'habitude de se rendre chez les Cathcart à l'heure du thé, puis d'y rester jusqu'à ce qu'on l'invite à dîner.

Chère petite Olive ! Cette jolie Olive dévouée, affectueuse ! Tout de même, il resterait fidèle à son plan. Il se réjouissait à l'idée de voir son expression quand il annoncerait qu'il partait. Déjà, la pression montait dans la machine du yacht.

Il ne donnerait pas la date de son retour. Il ne dirait même pas qu'il avait l'intention de revenir, tout au moins pas tout de suite. Il commencerait par lire sur le visage de la jeune fille ce qu'elle éprouverait réellement.

Il s'arrêta un instant pour regarder les photos qu'il avait prises : il venait de chercher les épreuves chez le photographe. Elles étaient dans son porte-feuille avec les photos prises pendant sa croisière le long de la côte, une quinzaine de jours plus tôt... Elle était là, sur le pont, abritant ses yeux du soleil. Derrière elle, on voyait le dos d'Alan qui se penchait au-dessus de la rambarde, son père le retenant par la manche.

En arrière-plan, on apercevait la sombre tour du château Gowdie.

Tous les petits jardins de Bellshaw étaient pleins de fleurs d'automne. Leur ordre propret lui donnait envie de rire. Dans ce pays, tout était fait pour des poupées. Il se demanda, et non pour la première fois, ce que penserait Olive de l'immensité de l'Australie. Il franchit les grilles de Bellshaw House et suivit la courte avenue.

Il essaya d'ouvrir la porte d'entrée au lieu de sonner : depuis quelques jours, il entrait tout simplement et s'annonçait en appelant au bas de l'escalier.

Cette fois, la porte ne s'ouvrit pas.

Ils ont peut-être raison, pensa-t-il. Les célèbres Courses de Failford n'étaient pas encore pour tout de suite, mais des rôdeurs pouvaient être arrivés déjà. Il avait vu en ville des hommes à la mine pati-bulaire. Il tira le cordon de sonnette et attendit.

Le gros orme, au centre de le pelouse, virait du vert au jaune. Il se demanda si ses racines s'éten-daient jusqu'en dessous de la maison. Les ormes sont beaux, mais il est dangereux de les planter trop près des bâtiments. Une grive sautilla dans l'herbe et le regarda à distance respectueuse. On ne se pressait pas de répondre au coup de sonnette.

Enfin, il entendit des pas, puis la porte s'ouvrit. C'était cette fille mal peignée qu'ils traitaient de femme de chambre.

Elle avait l'air idiote. Et elle se conduisait idiotement. Au lieu de s'effacer pour le laisser entrer, elle répétait la même phrase, comme un perroquet.

— Il n'y a personne.

— Que voulez-vous dire ? Tout le monde est sorti ?

— Il n'y a personne.

— Alors je vais entrer et les attendre.

Mais la créature continuait à lui barrer la route.

— Le maître a dit de vous donner ça.

Il prit la lettre qu'elle lui tendait et vit le nom sur l'enveloppe : *Manson.*

Il la glissa dans sa poche, tourna les talons et retraversa le jardin. Comment Charles savait-il cela ? Bah ! il lui dirait ce qu'il en était quand il le reverrait. Et s'il était beau joueur, il rirait de la plaisanterie. Sinon...

En tout cas, une chose était claire : Charles n'était qu'un lâche. Il avait envoyé cette imbécile lui parler au lieu de venir le trouver lui-même et de lui demander une explication.

Il descendit sur le Green et s'assit sur une chaise de fer pour ouvrir et lire la lettre. En la lisant, il passa du mépris à la fureur. Charles, se mettant sous la protection d'une plume et d'une feuille de papier, s'était exprimé beaucoup plus librement qu'il n'aurait osé le faire autrement.

« Ainsi, je suis un escroc ? pensa Hamish, sa

colère s'accentuant. Il m'est interdit de revoir
Olive ? »

Le souvenir d'Olive lui rendit temporairement
un peu de calme. Olive se moquerait du nom qu'il
portait. Elle l'aimait, il en était sûr. Il n'attendrait
pas davantage. Il en avait assez de jouer les gen-
tilhommes, de se conduire comme les Gowdie,
comme les Cathcart voulaient se conduire. Non,
il irait chercher Olive ce soir-même. Ils partiraient
ensemble à bord du yacht, sans cérémonies, sans
cadeaux de mariage, sans réception et Dieu savait
quoi !

Et ce serait une revanche sur Charles. Il se
vengerait ainsi des termes de sa lettre !

Hamish s'était levé et était presque arrivé en ville
sans s'en rendre compte. Son amour-propre exaspéré lui faisait oublier tout le reste. La rue de l'Ancre
s'ouvrit devant lui dans la grande rue. C'était un
chemin qui en valait un autre pour gagner le port et
le yacht. Il s'y engagea.

Il était trop bouleversé pour remarquer quoi que
ce fût, mais pas assez pour ne pas entendre un
bruit inhabituel. L'étroitesse de la rue enfermait la
chaleur et les sons. Il avait fait très chaud ce jour-
là. Le bruit qu'il entendait était le léger ronronne-
ment d'une machine à coudre.

Annabel avait entrouvert une fenêtre pour avoir
de l'air, et tiré sa table de travail tout contre pour
profiter du jour le plus longtemps possible. Hamish
vit sa tête noire et lustrée penchée au-dessus d'une
longue bande de satin ; une de ses mains faisait
tourner le volant de la machine.

En entendant des pas, elle leva les yeux. Une
seconde plus tard, sans hâte apparente mais avec

une incroyable célérité, elle était debout au seuil de sa porte.

— Ainsi, vous êtes tout de même venu m'acheter un chapeau ? demanda-t-elle.

Elle souriait pour lui montrer qu'elle plaisantait.

Il s'arrêta pour la regarder, se demandant où il l'avait vue auparavant. Puis il se souvint et il se détendit un peu à la plaisanterie enfantine.

— Pas aujourd'hui, merci ! dit-il. Hier, je serais peut-être venu, mais aujourd'hui, je ne veux rien donner à personne.

Comme si elle comprenait ses soucis et regrettait sa taquinerie, elle cessa de sourire.

— Je suis désolée, dit-elle. Vous êtes-vous querellé avec quelqu'un ? Si c'est cela, entrez ; je vais vous donner un verre de vin. Le vin et la compassion font du bien.

Soudain, il sentit qu'il avait en effet besoin de compassion. D'où qu'elle vînt, mais mieux valait que ce fût d'une femme que d'un homme. On peut se confier à une femme, surtout à une fille étrange comme celle-ci. Puis partir, sans avoir fait de mal à personne.

Il faisait frais dans l'arrière-boutique et le vin qu'elle lui donna était singulièrement bon. Avec un tact étonnant, elle reprit son travail, lui tournant le dos de sorte qu'elle ne pouvait pas voir son visage. De nouveau, elle faisait marcher la petite machine à main : elle en tirait un murmure agréable, assez doux pour ne pas le déranger ou l'empêcher de parler. Il était surprenant qu'il l'eût entendu du dehors.

Il se prit à tout dire, ou à presque tout dire à haute voix. Il était inutile de tout dire. Mais plus il parlait à ce dos silencieux, penché sur son morceau d'étoffe, mieux il se sentait. C'était incroyable. Soudain, il comprenait pourquoi les catholiques pratiquent la confession.

Finalement, elle en eut terminé. Elle coupa le fil de la machine et observa, sans tourner la tête :

— Ainsi, vous êtes encore amoureux de mademoiselle Cathcart ?

— Comment savez-vous de qui je parlais ? demanda-t-il avec surprise.

— Vous ne vous en êtes pas aperçu, dit-elle sans se troubler. Deux fois vous avez prononcé le nom de Charles Cathcart, et sa sœur est venue m'acheter un chapeau.

Il commençait à regretter de n'avoir pas tenu sa langue. Comme si elle le devinait, Annabel se tourna à demi.

— Croyez-vous à la prédestination ?

— Vous parlez de ce qui est décidé à l'avance ?

Elle hocha la tête. Son visage était aussi lisse que l'ivoire.

— C'est le destin qui vous a fait passer par ici aujourd'hui, mais ce que je vais vous dire ne vous plaira pas.

Presque malgré lui, Hamish demanda :

— Qu'allez-vous me dire ?

— Cette jeune fille que vous aimez... mais peut-être ne l'aimez-vous pas tellement, après tout ? Vous paraissez plus furieux que peiné.

— Je ne comprends pas.

— J'espère pour vous que vous êtes plus irrité que réellement triste. Parce que j'ai vu cette fille plusieurs fois avec un autre jeune homme. Il est possible qu'elle veuille seulement s'amuser.

La colère monta de nouveau dans le cœur d'Hamish, mais contre Annabel cette fois.

— Comment osez-vous... ?

— Je vous demande pardon. Je l'ai vue avec un homme qui pouvait très bien n'être qu'un ami, ou même un parent. Je n'aurais pas dû en tirer de conclusions précipitées.

Un peu apaisé, il grommela :

— Vous avez dû vous tromper. Ce devait être une femme qui lui ressemblait.

— Non, je ne peux pas m'être trompée, après lui avoir fait un chapeau et le lui avoir essayé.

— Pourquoi ne se promènerait-elle pas avec un ami ?

Annabel recouvrit sa machine pour la nuit. Ce qu'elle disait ne tenait pas debout, pensait Hamish. Pourtant son silence présent, le ton de sa voix tout à l'heure le mettaient mal à l'aise ; une sorte de dureté moqueuse dans sa voix qui la rendait momentanément antipathique. Maintenant, elle cherchait à s'excuser.

— Je suis désolée. Je vis seule et je m'imagine des choses. Je m'intéresse trop aux affaires des autres... J'invente peut-être un roman là où il n'y en a pas. Peut-être avez-vous une photographie de mademoiselle Cathcart ?

Un peu gêné, il tira de son portefeuille la photo d'Olive sur le pont du yacht et la tendit à Annabel qui l'examina avant de la lui rendre.

— Oui, c'est bien mademoiselle Cathcart. Peut-être me suis-je trompée en ce qui concerne l'autre ? Elles se ressemblent beaucoup.

Il ne la croyait plus.

En dépit de sa méfiance, il n'avait guère qu'une chose à dire :

— Permettez-moi de vous emmener quelque part ; je crois que j'ai faim.

— Voulez-vous que nous allions au café de la Lagune de l'autre côté du pont ? C'est un endroit très simple, mais on m'y connaît et on me garde toujours une table. Je ne suis pas habillée pour aller ailleurs.

En sortant du magasin avec elle, Hamish s'aperçut qu'il avait effectivement très faim. La rage semblait lui avoir aiguisé l'appétit. Il espéra que la cuisine, dans ce café, serait à tout le moins mangeable. Les magasins de la grande rue commençaient à fermer. Ils franchirent le pont.

Madame Leckie, la patronne, avait ouvert la porte de son fourneau à charbon pour lutter contre la fraîcheur de l'air du soir ; sa lueur joyeuse éclairait le fond de la salle qui était comble.

Annabel passa devant les tables près de l'entrée pour aller à une table vacante à côté du feu.

— Je pensais que vous ne viendriez plus, lui dit Mme Leckie.

Elle regardait avec un vif intérêt le compagnon d'Annabel.

— Que prendrez-vous ce soir ?

— Comme d'habitude, s'il vous plaît, mais je crois que monsieur voudra quelque chose de plus.

Quand leur repas fut apporté, Hamish se mit à dévorer le sien. Annabel l'observait en buvant son thé. Elle l'aimait très faible, sans lait ni sucre. De temps à autre, son regard tombait sur une autre table où Bob Crowther leur tournait le dos ; il y avait tant de monde qu'il avait dû partager sa table.

Finalement, quand Hamish eut presque terminé, Annabel attira son attention vers le personnage solitaire et triste, qui semblait attendre quelqu'un qui ne viendrait jamais.

— Vous voyez cet homme, là-bas ?

— Ce petit bonhomme ? Oui. Pourquoi ?

— C'est lui que j'ai vu avec cette jeune fille qui ressemblait pourtant à mademoiselle Cathcart.

Hamish regarda l'homme avec plus d'attention. Bob se tournait pour régler sa note, puis il se leva et passa devant eux. Il semblait ne remarquer personne.

— Le pauvre ! dit Annabel. Ils ont dû se quereller. Ils venaient ensemble à l'heure du thé.

— Que fait-il ?

— Il fait partie d'une compagnie qui donne des concerts pendant la saison.

— Un amuseur public, en somme ! Et vous croyez qu'Olive Cathcart se serait éprise d'un individu aussi ordinaire ?

Annabel fut, ou fit semblant d'être indignée par cette remarque.

— Les gens peuvent avoir des goûts différents, dit-elle. Peut-être mademoiselle Cathcart, de Bellshaw, était-elle fatiguée de rencontrer des messieurs convenables dans son milieu ? Peut-être même était-elle attirée par sa profession ? Un clown ! Je l'ai entendu chanter sur le Green : il a une voix à faire fondre les cœurs !

— *Votre* cœur peut-être ! dit Hamish impoliment. Vous semblez oublier qu'il s'agit d'une erreur d'identité !

— Vous croyez vraiment ?

— Que voulez-vous dire ?

— Je n'ai pas fait d'erreur. Peut-être l'ai-je dit pour vous épargner. Mais je n'aime pas les hommes impolis.

— Vous prétendez que l'homme qui vient de

sortir, ce petit personnage minable, était l'amoureux d'Olive ?

Annabel croisa ses mains sur la nappe sans le
regarder.

— Je suis sûre que vous savez à quoi vous en
tenir sur les femmes, dit-elle. Vous devez savoir que
certaines cachent leurs aventures amoureuses en
feignant d'être attirées ailleurs.

Ce n'étaient que des sottises, évidemment. S'il y
avait là une once de vérité, Olive était une comédienne consommée. Mais était-elle la fille sans détour
qu'elle semblait être ? Existe-t-il une seule femme
sans détour ? Cette petite métisse assise devant lui
comme une statue d'ivoire, ne connaissait-elle pas
toutes les ruses féminines ? Ne savait-elle pas les
discerner quand elle les voyait ?

— J'ai pitié de vous, disait-elle. C'est pour cela
que je vous dis la vérité.

— Vous affirmez que c'est la vérité ?

Pourquoi continuait-il à discuter avec cette
fille ? Il n'avait qu'à se lever, demander l'addition
et la laisser là ! Mais il en était incapable. Elle
l'envoûtait, pour ainsi dire. Il luttait faiblement
contre elle, contre sa jalousie et ses soupçons.

Une fois de plus, l'humiliation d'avoir été dupé
le torturait. Il avait demandé en mariage une fille
qui se servait de lui pour masquer une aventure
avec un autre...

Comme il avait bien fait de ne pas se risquer
une seconde fois, cet après-midi-là dans le jardin !

Annabel disait qu'elle avait pitié de lui. Qu'est-ce
que cela signifiait ? Leurs regards se rencontrèrent.

— Vous êtes si exceptionnel, si ouvert, dit-elle
presque bas. D'abord, j'ai pensé vous laisser vos
illusions. Mais je comprends qu'il est préférable

pour vous de savoir ce qu'il en est. Redonnez-moi cette photo.

Silencieusement, il chercha la petite photo et la posa sur la table. Annabel fit signe à Mme Leckie qui accourut.

— Monsieur veut-il la note ?

Hamish chercha son argent. Le regard de Mme Leckie tomba sur la photo, puis elle se redressa et se tourna vers Annabel.

— C'est-il pas cette jeune dame qui venait ici avec un des Rossignols ?

— Cela lui ressemble, n'est-ce pas ?

— Ça ne lui ressemble pas, c'est elle ! Et elle a l'air heureuse comme tout alors que le pauvre garçon vient ici tous les jours dans l'espoir de la voir revenir ! Elle l'a bien abandonné, si vous voulez mon avis !

Hamish saisit la photo et la remit dans sa poche.

— Combien vous dois-je ? demanda-t-il.

Il paya la note et sortit de l'établissement comme si Annabel n'existait pas. Que ces femmes eussent tort ou raison, il ne prendrait pas ce risque ! Une fille comme Olive Cathcart, avec sa classe, sa famille et son éducation, venant dans ce quartier misérable pour retrouver un musicien ambulant ! Et le plantant là, naturellement, dès qu'elle avait vu venir l'occasion de faire un riche mariage !

Il passait devant les gens, dans la rue, sans même les voir. Quelle comédienne consommée elle était ! Mais toutes les femmes ne le sont-elles pas quand elles veulent quelque chose ? Eh bien ! elle ne l'aurait pas. L'idée qu'elle l'aimait sincèrement ne traversait même pas l'esprit d'Hamish. Il avait été joué une fois il n'y avait pas si longtemps. La blessure se rouvrait et elle n'était pas près de se guérir.

Il marcha vers le port. Il avait projeté de partir quelques jours pour qu'Olive puisse voir clair en elle, il voulait lui dire au revoir avant de partir. Maintenant, il voulait quitter Failford le plus vite possible.

Il ne remarqua pas qu'il s'engageait dans la rue de l'Ancre. Il oubliait Annabel. Il entendit sa voix chantante : elle le tirait par la manche.

— Il y a plus d'une femme dans le monde, disait-elle. Nous voici devant chez moi : ne voulez-vous pas entrer ?

CHAPITRE XI

Comme d'habitude, ce fut Evelyne qui fut chargée d'expliquer le brusque départ du cousin d'Australie. Naturellement elle ne divulgua pas la vérité.

En réponse aux questions de ses amies, elle dit
qu'il était parti voir des amis ailleurs. Comme il
avait fait quelques allusions à une courte absence,
l'histoire passa très bien.

— Plus tard, quand on verra qu'il ne revient
pas, nous pourrons dire qu'Olive avait décidé de
le refuser. Cela paraîtra naturel qu'on ne le revoie
pas.

— Et Olive ? demanda Charles avec anxiété.

Il aimait beaucoup sa sœur. Après avoir vivement espéré qu'elle s'était éprise de l'Australien, il
espérait maintenant, pour elle, s'être trompé.

Sa mère hésita.

— Je lui ai dit les choses aussi doucement que
possible, évidemment. Je lui ai dit qu'il nous avait
trompés, qu'il ne s'appelait pas Gowdie mais Manson, et que cette soi-disant fortune était sans doute
inventée aussi.

— Comment a-t-elle pris cela ?

— Assez bizarrement... Elle a bafouillé une

phrase... Elle disait que Gowdie ou Manson n'avait
aucune importance en ce qui la concernait. Puis
elle est sortie de la pièce. Vraiment, je ne la comprends pas. J'étais sûre qu'elle était profondément
amoureuse. Et après tout, je suis sa mère !

— Je pense qu'il l'a flattée un peu de temps.
Peut-être n'était-ce rien de sérieux.

Ellen Cathcart ne répondit rien. Elle n'avait
jamais compris Olive comme elle comprenait Charles. Charles était comme un livre ouvert. Olive, en
dépit de sa douceur, n'était rien de semblable. Par
exemple, elle était capable de dissimuler ses pensées
et ses sentiments sur certains points. Mais est-il
possible à une fille de cacher qu'elle est amoureuse ?

Les enfants ne remarquaient en elle aucun changement. L'été avait été long et chaud et l'apathie de
la jeune fille était compréhensible. Et elle n'avait pas
changé d'air cette année. De temps à autre, sa mère
se disait que même un faubourg de Londres serait
un changement d'atmosphère, et surtout d'horizons,
mais elle se rappelait qu'après avoir souhaité aller
à Londres, Olive avait tout à coup changé d'idée. Et
cela, avant l'arrivée d'Hamish. Quelque chose d'autre
l'avait-il fait rester à Failford ?

La saison des Courses approchait. On commençait à entraîner les chevaux régulièrement sur le
sable, à marée basse. Les grandes maisons du voisinage se préparaient à donner des réceptions. Charles dont l'anxiété croissait à chaque signe de l'automne, savait que son dernier espoir résidait en un
coup de chance le jour du Grand Prix, maintenant
que l'espoir d'emprunter de l'argent à un riche beau-
frère s'était évanoui.

Les leçons des enfants ne devaient recommencer
qu'après les Courses. En attendant, Olive reprenait

l'habitude de faire de grandes promenades. Sa mère ne lui posait pas de question et n'exprimait pas de surprise. Si la pauvre enfant trouvait du plaisir à prendre de l'exercice, c'était parfait. Mais elle aurait aimé savoir ce que pensait sa fille.

Elle espérait qu'un amour propre blessé était tout ce dont elle souffrait, et quand il s'agit d'une blessure d'amour propre, on ne pose pas de questions.

Elle aurait été bien étonnée si elle avait su que la plupart du temps, Olive n'allait pas plus loin que le port.

Les premiers jours de l'absence d'Hamish, elle y allait parce qu'elle ne pouvait croire que le yacht ne reviendrait pas. Puis le jour vint où elle ne put supporter davantage de voir l'étendue déserte de la mer. Quel que fût le nombre de bateaux à l'ancre, elle considérait que le port était vide.

Mais en cette fin d'après-midi, elle ne put s'empêcher de retourner au port. Elle refusait de croire qu'il ne se résoudrait pas à revenir, une fois sa supercherie découverte.

Tout avait commencé comme un jeu. Selon les enfants, ils avaient parlé du Château Gowdie à propos du château de sable qu'ils bâtissaient. Quoi de plus naturel pour lui que se faire passer pour le seigneur du château, portant son nom...

Après cela, peut-être avait-il décidé de poursuivre la plaisanterie quand sa mère et elle étaient intervenues...

A certains moments, elle ne pouvait pas croire cela, et elle traversait un de ces moments-là. Et si le yacht blanc était de retour à son mouillage ? Si Hamish la voyait là, sur le quai, et venait à elle ? Elle savait très bien ce qu'elle lui dirait.

Et il l'emmènerait à bord, et ils partiraient ensem-

ble. Qu'importait s'il avait seulement loué le bateau
en un geste de grand seigneur, y engloutissant ses
derniers sous ? Ils seraient ensemble, sur mer ou sur
terre...

Elle atteignit le port. La mer était vide.

Mais de là, on ne voyait pas assez loin, pensa
fiévreusement la jeune fille. On ne voyait pas la
pleine mer comme on la voyait des fenêtres béantes
du Château Gowdie, juché haut sur la falaise. Olive
se ressaisit, honteuse de son manque de sang-froid.

Il était parti et il ne reviendrait pas. La face
blanche de l'horloge de l'Hôtel de Ville la fixait
au-dessus des entrepôts qui bordaient le quai. Il
était temps de rentrer si elle ne voulait pas inquié-
ter sa mère.

Elle prit la rue de l'Ancre pour aller plus vite.
La rue était sombre comme de coutume ; déjà, la
nuit tombait. Absorbée par ses pensées, elle reconnut
à peine Annabel Smith qui arrivait au seuil de son
magasin au moment où elle passait.

— Bonsoir, mademoiselle Cathcart.

Olive tressaillit.

— Bonsoir, dit-elle. La nuit tombe de bonne
heure maintenant. Je ne vous reconnaissais pas.

— Nous sommes en septembre.

Elle ouvrit sa porte et la pâle lumière d'un bec
de gaz se répandit dans la rue.

— Je viens de dîner comme d'habitude au café
de la Lagune. C'est près d'ici et c'est pratique. Mais
une dame comme vous n'aimerait pas aller dans
ce genre d'établissement.

Le café de la Lagune ? Sur le moment, Olive s'en
souvenait très vaguement, mais avec malaise. Puis
la mémoire lui revint. Annabel avait dû la voir là
finalement, car sa voix douce recélait une nuance

d'ironie. Olive aurait voulu s'éloigner, fuir la malveillance qu'elle devinait chez la jeune modiste, mais quelque chose la retenait dans cette rue.

Annabel se pencha pour pousser le verrou de la porte pour la nuit. Elle s'appuya de la main au chambranle et la lumière du magasin fit briller, à son doigt, une émeraude. Elle se redressa et, tout à coup, Olive se sentit libérée. Elle allait repartir quand Annabel parla de nouveau.

— Je crois que les Rossignols donnent leur dernier concert cette semaine.

Il n'y avait plus de doute, à présent, mais Olive ne releva pas l'impertinence, tout en se demandant ce qu'elle avait bien pu faire pour que l'autre la détestât tellement. Marchant vite, elle entendit se fermer la porte du magasin.

Puis, dans les lumières et l'animation de la Grand-rue, elle oublia Annabel, le café de la Lagune et Bob ; elle ne se souvenait plus que de la mer déserte derrière elle.

Quand elle arriva chez elle, la femme de chambre lui dit que sa mère était sortie.

— Elle est partie à la hâte, mademoiselle, après l'arrivée du courrier.

— Où est-elle allée ?

— A Bellshaw House. Elle m'a chargée de vous dire qu'elle reviendra très vite ; inutile de la rejoindre là-bas.

*

Ellen Cathcart courait presque, la lettre à la main. Elle arriva hors d'haleine à la porte de son fils. Trop tard, elle regretta de n'avoir pas pris le temps de préparer ce qu'elle avait à dire. Elle trouva Charles et Evelyne dans le salon.

Charles regarda sa mère, remarqua sa respiration
haletante, son air bouleversé, et doucement, il la
guida vers un fauteuil. Elle lui tendit la lettre sans
parler. Evelyne les observait tous les deux avec
anxiété.

— De qui est-ce ? demanda-t-elle, n'y tenant plus.

Charles rejeta sa tête en arrière et éclata de
rire. Ce n'était pas un rire habituel et il lui fit
peur.

— C'est de la cousine Susan, dit-il, quand enfin
il cessa de rire de cette terrible manière. Elle venait
seulement de recevoir les lettres de Mère. Elle faisait une croisière.

— Accepte-t-elle ?

— Non, elle refuse. Elle est désolée, et tout ça,
mais elle estime que les gens doivent être punis
quand ils ont péché. Elle espère que ce sera pour
moi une bonne leçon.

— Charles, mon chéri, tu sais bien que tu avais
renoncé à tout espoir de ce côté. Je n'aime pas t'entendre rire de cette façon ! Ce n'est pas drôle !

Il remettait la lettre dans l'enveloppe timbrée
d'Australie. Il la rendit à sa mère qui la prit sans
un mot. Evelyne contemplait le visage blême de sa
belle-mère, puis son regard revint à son mari.

— Ce qui est drôle, c'est autre chose, dit
celui-ci, mais je ne sais pas si tu apprécieras. La
cousine a pensé bien faire en achevant sa lettre par
le récit de quelques potins : pour atténuer le choc,
peut-être. Elle se demande si le fils de son cousin,
Hamish Manson, est venu en Ecosse ? Il semble que
le pauvre Hamish ait été quelque peu mauvais sujet,
mais depuis qu'il a hérité la fortune de son père, il
est devenu raisonnable. Pour commencer, il a repris
légalement le nom de sa mère, celui de Gowdie.

Ensuite, il a décidé de se marier et de s'établir. Cousine Susan espère généreusement que peut-être, comme il a tant d'argent, Olive et lui...

Il fallut renvoyer Mme Cathcart chez elle en fiacre, escortée par son fils. Olive fut épouvantée de l'état de prostration dans lequel elle vit arriver sa mère. Elle en oublia de demander ce que contenait la lettre qui avait fait sortir Mme Cathcart si précipitamment de sa maison, et naturellement, Ellen, pour l'épargner, ne lui révéla rien.

Charles, ayant renvoyé le fiacre, rentra chez lui d'un pas pesant. Il était désespéré. Combien n'aurait-il pas donné pour effacer cette autre lettre, celle qui ordonnait à Hamish de ne plus reparaître devant eux ! Il connaissait assez l'orgueil de l'Australien pour savoir qu'il ne reviendrait jamais après cela. Que ne l'avait-il reçu pour s'expliquer de vive voix avec lui !

Ses pensées revinrent aux Courses et à l'excellent tuyau donné par un ami. Il avait passé beaucoup de temps à aller voir les écuries de courses du voisinage. Il avait emmené ses chiens sur la plage tous les matins pour constater la forme des chevaux qu'on entraînait. Jusque là, il avait parié aux Courses au hasard, il le constatait à présent. Cette année, ce serait différent. Il avait tellement confiance qu'il sifflotait en entrant dans la maison. Il arrangerait facilement les choses avant le retour d'Eddie McCullock.

Pendant la nuit, le vent se leva. Ce fut la première tempête d'automne et elle fut violente, avec de terribles et tonnantes rafales de l'ouest. Les arbres du jardin craquaient sous leur force et deux cheminées de poterie tombèrent du toit pour s'écraser bruyamment sur le sol. Les volets, devant les fenêtres, s'accrochaient désespérément à leurs loquets ; leur bruit, mêlé à celui du vent qui ressemblait au hurlement mélancolique d'un chien, montant et descendant, réveilla Jenny et Alan qui écoutèrent, draps et couvertures tirés sur leurs oreilles.

*
**

Le lendemain, Charles Cathcart sortit de bonne heure pour évaluer les dégâts. Il y avait des ardoises tombées sur la pelouse. Sorti dans l'intention de constater des faits de cette sorte, il s'efforça de ne pas les voir, passant rapidement du jardin au potager.

Ensuite, il rentra et se rendit dans la salle à manger.

— La tempête a dû faire des ravages partout, dit-il avec satisfaction. Je crois que nous avons eu de la chance.

Evelyne prenait connaissance du courrier, une majorité de factures.

— Jenny a un gros rhume, dit-elle. Je lui ai recommandé de rester au lit.

— Cette enfant attrape tout ce qu'on peut attraper !

— Et Nana veut encore aller voir sa sœur à Glasgow. Je pense que la nurse des Pringle emmènera Alan se promener.

— Pourquoi pas Olive ?

— Je le lui ai demandé hier, dit Evelyne avec un soupir exaspéré, mais elle a dit qu'elle ne pouvait pas venir.

— Pourquoi ne peut-elle pas ? Qu'a-t-elle d'autre à faire ?

Evelyne hésita.

— Ta mère dit qu'elle ne la comprend pas, dit-elle enfin. Elle dit qu'il faut la laisser tranquille pour qu'elle se fasse une raison.

— Ainsi, vous croyez toutes deux que c'était sérieux ?

— J'en ai peur.

Comme d'habitude, la pauvre Evelyne, dans sa compassion, dit ce qu'il ne fallait pas dire.

— Ne pense plus à ta lettre, mon chéri. Comment pouvais-tu savoir qu'Hamish avait changé de nom légalement ?

Pour une fois, Charles ne s'emporta pas contre sa femme. Il était furieux contre lui-même.

— Si seulement je lui avais donné l'occasion de s'expliquer ! gémit-il. Olive serait heureuse, ils se seraient mariés... et je serais sauvé.

— Il aurait dû s'expliquer ! Pourquoi n'a-t-il pas répondu à ta lettre ? Il reviendra peut-être quand il se sera calmé...

— Il ne reviendra pas, dit Charles tristement. Pas après le genre de lettre que je lui ai écrite.

Frappé par la pâleur de sa femme, il alla l'embrasser.

Le vent était tombé mais il faisait beaucoup plus froid. Nana conduisit Alan devant la maison des Pringle et le confia à la nurse. Les deux femmes se rendaient parfois mutuellement ce genre de service. Elle recommanda au petit garçon de bien garder son cache-nez autour de son cou et partit à la hâte pour prendre son train.

Alan était un peu humilié d'avoir à marcher à côté d'un landau de bébé. Pourvu, pensa-t-il, qu'on ne crût pas qu'il s'agissait d'un bébé Cathcart !

La plage et la mer étaient très calme, comme se reposant après le vacarme de la nuit précédente. Le

Green était parsemé de débris, papiers ou branches, transportés des jardins alentour par le vent. L'écriteau qui annonçait les spectacles des Rossignols avait été emporté par la tempête.

— C'est la dernière séance des Pierrots ce soir, dit la nurse du bébé Pringle. Ils m'ont bien fait rire. Je regrette de les voir partir.

— Où vont-ils ? demanda Alan.

— Chez eux en Angleterre, je pense. Ils n'ont plus rien à faire ici maintenant qu'il fait trop froid pour qu'on reste assis dehors.

Ils dépassèrent le kiosque à musique.

— Seront-ils en Angleterre cette nuit ? demanda Alan.

— Oh ! non. Ils prendront le dernier train pour Glasgow après le concert, et de là, ils prendront le train pour Londres.

La mer était basse. On ne voyait que du sable labouré par les sabots des chevaux, venus à l'entraînement une heure plus tôt. On distinguait quelques flaques d'eau boueuse. La tempête avait fait monter la mer très haut : on le voyait à la quantité d'algues et de varech qu'elle avait laissée sur la plage. Un chariot attelé d'un cheval suivait la frange de varech ; un homme le ramassait avec un râteau et le mettait dans le chariot.

— Le vent vous a-t-il empêché de dormir, cette nuit ? demanda la nurse, pour manifester de l'intérêt avant de lire le magazine qu'elle avait emporté dans le fond du landau.

— Non, merci, répondit Alan poliment. Il m'a réveillé, mais je me suis rendormi.

— Il a dû y avoir des toits et des cheminées abattus, dit la femme. Cela a dû être pire dans la campagne et le long de la côte.

Elle fouilla dans le landau et en tira une petite revue rose intitulée : « Bavardages à la Maison. »

— Maintenant, soyez sage et ne vous éloignez pas, dit-elle au petit garçon.

Il y avait un feuilleton dans la revue et elle voulait vite lire le nouveau chapitre.

Alan erra sur la dune et tenta de creuser avec sa pelle qu'il avait emportée. Quand il se penchait, le landau et la nurse disparaissaient à ses yeux. Cela lui donna une idée. Il devait disparaître aussi aux yeux de la nurse du bébé Pringle. Elle était absorbée par sa lecture. Il faudrait qu'il raconte à Jenny que le journal s'appelait « Bavardages à la Maison », et qu'il était rose.

Se penchant et creusant ici ou là, l'enfant arriva au bord des dunes. Le chariot à varech s'en allait jusqu'au pied de la falaise où se dressait le Château Gowdie. La mer était loin, aujourd'hui. On ne voyait que des rochers nus et du sable mouillé.

Le petit garçon regarda en arrière, mais la dune le cachait bien. Il alla un peu plus loin sur le sable, examinant les épaves rejetées par la mer. Il arriva sur du bon sable, humide, mais pas trop, et se mit à creuser. Il fit d'abord un château, puis un fossé qui se remplit d'eau de manière tout à fait satisfaisante. Il l'agrandissait un peu quand il entendit des voix non loin de lui.

Il reconnut Olive et l'homme de la plage.

Ils s'arrêtèrent sur la dune, juste au-dessus de sa tête. Ils parlaient avec tant d'animation qu'ils ne le virent pas.

— Vous avez le droit de vivre comme vous l'entendez, disait l'homme, et vous avez peut-être eu peur d'une existence différente. Je comprends

cela. Je sais que je ne peux pas vous donner ce
dont vous avez l'habitude, mais...

— Croyez-vous que je me soucie de ce genre
de chose ?

— J'en suis sûr.

— Les gens peuvent changer d'idée. Ils peuvent...

L'homme dut regarder à ses pieds et voir l'enfant, car il interrompit Olive.

— Attention !

Il sourit.

— Eh bien ! Voilà mon camarade !

— Alan ! s'exclama Olive. Que fais-tu ici tout
seul ?

— Je ne suis pas seul. Le bébé Pringle est avec
moi. Il est avec sa nurse qui est assise sur la dune.

— Tu es sûr ? Ce n'est pas encore une de tes
histoires ?

Elle le regardait attentivement. Elle savait toujours, par l'expression de ses yeux, s'il mentait ou
s'il disait la vérité. Ses yeux à elle étaient étranges,
sauvages, comme si elle voulait pleurer..., mais pas
devant d'autres personnes.

L'homme intervint impatiemment.

— Venez, Olive. C'est notre dernière chance
de nous expliquer. Vous avez au moins promis de
m'écouter.

Ils s'éloignèrent. Leurs voix devinrent plus fai-
bles, et enfin, Alan ne les entendit plus. Il posa sa
pelle et les suivit des yeux ; Olive marchait très
vite, en direction du Château Gowdie, comme si
elle ne voulait pas écouter ce que lui disait son
compagnon. Avant qu'ils ne disparaissent tout à
fait, la nurse du bébé Pringle s'avança sur le bord

de la dune, juste à l'endroit où se trouvaient les jeunes gens tout à l'heure.

— Venez, Alan, dit-elle. Il est temps de rentrer.

Alan grimpa entre les touffes de chiendent. La nurse regardait d'un air songeur les deux silhouettes lointaines.

— N'était-ce pas votre tante Olive ? demanda-t-elle. Elle est passée devant nous il y a un moment.

— Oui, dit Alan.

— Elle a quelqu'un avec elle. Je pense qu'ils vous ont parlé ?

Alan ne répondit rien. Elle avait un ton bizarre ; lui et Jenny savaient de longue date que si les gens posent des questions d'une drôle de voix, mieux vaut ne rien dire. A cet instant, le bébé Pringle se mit à pleurer et la nurse courut voir ce qu'il avait sans attendre davantage.

C'était le soir de la semaine où Ellen Cathcart et sa fille venaient dîner à Bellshaw House. Evelyne fit allumer du feu dans la salle de séjour : les flammes éclairaient joliment les cuivres des chenêts. Les bouledogues, Romulus et Rémus, s'étaient installés sur la banquette basse, devant la cheminée, leurs lourdes têtes pendantes. Dans l'éclairage atténué de la pièce, on ne remarquait pas le papier peint fané qui couvrait les murs, ni les bandes passées le long des plis des rideaux. Charles tira de sa poche son étui à cigarettes, et comme Evelyne lui rappelait que sa mère n'aimait pas l'odeur du tabac, le remit à sa place. Il fumait trop. Sa femme savait qu'il en irait ainsi jusqu'à la fin des Courses. Elles commençaient dans une semaine. Ensuite, les choses se décideraient d'une manière ou de l'autre...

Sur la cheminée, la pendule sonna la demie.

— Mère est en retard ! dit Charles avec surprise.

Sa mère n'était jamais en retard.

Ils attendirent un peu, puis comme Evelyne conseillait à son mari d'aller voir chez Mme Cathcart ce qui se passait, ils entendirent un fiacre s'arrêter devant la porte.

Ellen entra dans le salon, seule.

— Je ne comprends pas ce qui arrive à Olive, dit-elle. J'ai renvoyé le premier cab en lui disant de revenir après une demi-heure. Excusez-moi d'être en retard.

— Olive n'est-elle pas rentrée de l'après-midi ?

— Elle est partie faire une de ses grandes promenades. Je lui ai recommandé de rentrer à temps pour se changer et venir ici...

Elle alla à la fenêtre et écarta un rideau pour regarder au-dehors.

— Il fait nuit ! dit-elle. Je n'aime pas penser à elle, revenant dans l'obscurité.

— Peut-être ne peut-elle pas marcher, suggéra Evelyne. Peut-être est-elle tombée et s'est-elle foulé la cheville, ou quelque chose de ce genre.

— Dans ce cas, quelqu'un...

— Pas si elle était en pleine campagne. On peut rester sur le sol pendant des heures !

— Tais-toi, Evelyne ! dit Charles, devant le visage de sa mère. Excuse-moi, ajouta-t-il vivement. Elle est probablement rentrée maintenant. Veux-tu que j'aille voir, Mère ?

— Oui, s'il te plaît, mon chéri.

Evelyne disparut pour dire à la cuisinière de

garder le dîner au chaud. Elle aurait préféré dîner tout de suite, mais elle eut pitié de l'inquiétude de sa belle-mère.

Ellen Cathcart resta seule dans le salon où elle était chez elle jadis, où elle recevait ses invités. Elle regrettait qu'Evelyne ait parlé d'un accident éventuel. Ce devait être cela qui lui donnait un pressentiment. Même ce salon lui semblait peuplé de fantômes : il n'avait plus rien de confortable et le feu ne chauffait plus.

Il était étrange qu'elle se rappelât si nettement les soirs où Olive, petite fille, venait souhaiter une bonne nuit à ses parents. Elle n'était pas boulotte comme Jenny, mais toujours svelte et gracieuse, avec de longs cheveux brillants. Ellen imaginait facilement que c'était Charles et Olive qui dormaient là-haut dans leurs lits, et non Jenny et Alan.

Charles revint.

— Elle n'est pas là, dit-il. Peut-être est-elle allée faire une visite à quelqu'un, ajouta-t-il précipitamment.

— Ne dis pas de bêtises, mon chéri.

Evelyne était revenue. Personne ne parla pendant quelques instants, puis Mme Cathcart, se forçant au calme, observa :

— Je crois que nous devrions nous informer à l'hôpital, pour le cas où elle aurait eu un accident.

— Je l'ai fait, dit Charles. J'y suis passé en revenant. C'est pour cela que j'ai mis tant de temps.

Ils allèrent enfin dîner. Le repas était gâché mais cela n'avait aucune importance car ils ne s'en aperçurent même pas. Ellen voulut rentrer chez elle tout de suite après, pour accueillir sa fille quand elle reviendrait et savoir ce qui s'était produit. Charles l'accompagna.

En lui disant au revoir, il dit ce qu'ils avaient dans l'esprit tous les deux :

— La police ? Devrais-je y aller ce soir, ou attendrons-nous à demain ?

— Je crois qu'il vaut mieux attendre. Après tout, il peut y avoir une explication tout à fait naturelle. Il n'est pas agréable de faire une histoire ou de susciter des commérages.

CHAPITRE XII

Personne ne dormit beaucoup cette nuit-là dans les deux maisons. Même les enfants avaient conscience de la tension générale. Et le lendemain, après que le petit déjeuner eût été pris à Bellshaw House, la tension avait gagné la cuisine aussi.

La femme de chambre d'Ellen Cathcart avait dîné là la veille, qui était son jour de congé : on avait discuté l'absence d'Olive, et d'autres questions concernant également la jeune fille. Car aussi soigneusement qu'une famille dissimule ses anxiétés au monde extérieur, les domestiques les connaissent généralement.

La cuisinière, en particulier, avait à peine dormi, luttant contre sa conscience. Peut-être imaginait-elle seulement les choses, après tout. Peut-être était-il superflu de dire quoi que ce fût à la patronne. Mais lorsque, chose extraordinaire, Mme Cathcart mère arriva à Bellshaw House avant le petit déjeuner, elle devina pourquoi elle venait.

Naturellement, Ellen resta déjeuner. La cuisinière apporta elle-même la théière, la posa sur la table, et resta là.

— Mademoiselle Olive est-elle revenue, madame ?

Madame Cathcart secoua la tête.

— Pas encore. Nous craignons qu'elle n'ait eu un accident. Monsieur va... faire une enquête.

La cuisinière fondit en larmes. Les autres la regardaient avec stupeur.

— Qu'y a-t-il ? lui demanda Evelyne.

— Faut que je vous rende mon tablier ! sanglota la servante. Jamais vous ne voudrez me garder après ce que j'ai fait !

— Ressaisissez-vous, dit Charles avec bonté. Dites-nous ce que vous avez fait.

— C'est un bon, un honnête garçon... et nous sommes tous égaux devant Dieu...

L'instinct généreux de Charles s'évanouit.

— Comment cela, égaux ? Je vous en prie, expliquez-vous ! De qui s'agit-il ?

— De Bob Crowther et de mademoiselle Olive. Je savais qu'ils se fréquentaient, mais c'était pas à moi de m'en mêler et de les dénoncer. La saison était presque finie, de toute façon, lui repartirait pour l'Angleterre et il n'y aurait pas de mal.

— Bob Crowther ? Qui diable est-ce là ?

— C'est le chanteur, dans la troupe des Rossignols.

— Les Rossignols... Voulez-vous parler de cette troupe de Pierrots qui jouait sur le Green ?

— Oui, Monsieur. Il a une voix merveilleuse et il chante tout seul. Nana y emmenait les enfants le samedi, parce qu'il y avait matinée.

— Ne parlons pas des matinées. Comment ce Pierrot aurait-il connu mademoiselle Olive, pour commencer ?

— J' pouvais pas empêcher qu'il soit l'ami de mon neveu. Ma sœur m'a écrit pour me donner son adresse pour que je l'invite à dîner de temps à autre. Elle sait comment on nourrit les gens dans les pensions...

— Et mademoiselle Olive l'a rencontré ici ?

— Pas régulièrement. Je l'aurais pas permis. Mais comme elle était souvent dans le jardin, quand il sortait pour fumer une pipe...

— Alors, vous avez imaginé cette histoire en partant de rencontres fortuites ? Je n'en crois pas un mot.

L'attitude de Lizzie changea brusquement.

— C'est-il que vous me traitez de menteuse ? cria-t-elle. Moi qui voyais comment ils se disaient au revoir devant la porte ?

Ellen Cathcart intervint, d'une voix mesurée.

— Je crois, Evelyne, dit-elle, que vous devriez prier la cuisinière de sortir de la pièce avant d'oublier plus encore sa position.

Mais Lizzie, voyant sa parole mise en doute, était ulcérée et se tourna contre la vieille dame.

— Vous ne voulez pas, hein, que votre fille ait fait des fredaines ? Et je suis pas la seule à les avoir vus ensemble !

— Sortez, Lizzie, dit Evelyne.

— Oui, et je quitterai la maison à la fin de la semaine. Il y a de bonnes places à Glasgow, où on est payé deux fois plus qu'ici !

Elle allait sortir quand Mme Cathcart l'arrêta.

— Un instant, s'il vous plaît, Evelyne. Lizzie, que voulez-vous dire en prétendant que d'autres personnes les ont vus ensemble ?

— La femme de chambre de madame Bremer, Jeannie : elle les a vus prendre un repas ensemble au café de la Lagune. Et mademoiselle Olive avait un homme avec elle quand elle s'est arrêtée pour parler à monsieur Alan sur la plage hier ; la nurse des Pringle les a vus.

— A-t-elle reconnu l'homme ?

— Elle n'était pas assez près pour voir si c'était lui, dit la cuisinière de mauvaise grâce.

Ils attendirent qu'elle fût sortie de la pièce, puis Charles répéta :

— Je ne crois pas un mot de cette histoire.

Mais il parlait maintenant avec moins d'assurance.

— Mais, s'exclama Evelyne, elle était amoureuse d'Hamish !

— Comment pouvons-nous savoir duquel des deux elle était amoureuse ? demanda Ellen.

— Comment, Mère ? s'écria Charles. Vous ne voulez pas dire que vous la croyez partie avec ce garçon !

— Je crois qu'elle nous cache quelque chose depuis le début de l'été. Avant même l'arrivée d'Hamish. C'est à cause de cela qu'elle a refusé d'aller à Londres.

— Alors, il vaut peut-être mieux que je n'aille pas trouver la police, dit Charles avec accablement.

Tous trois pensaient la même chose. Le scandale public. L'enquête policière...

— Oui, mieux vaut attendre, dit Ellen. Elle va sûrement écrire.

— Je me demande si nous pourrions savoir quelque chose sur ce garçon par l'endroit où il logeait ? La propriétaire pourrait savoir s'il a quitté Failford seul... ou non.

— Lizzie a l'adresse, dit vivement Evelyne, je pourrais la lui demander !

— Non, dit Ellen. Il ne faut pas qu'elle puisse penser que nous croyons son histoire : elle se mettrait à parler et tout Failford serait au courant en quelques jours. Donnez-lui une semaine de gages et envoyez-la à Glasgow aujourd'hui-même.

Charles se leva.

— Je vais parler à Alan, dit-il.

Evelyne hésitait entre la cuisine et la salle d'études. Finalement, elle suivit son mari ; il était si bouleversé qu'il pourrait effrayer Alan et lui faire dire des sottises. Ils trouvèrent les enfants assis devant leurs livres de classe.

— Olive ne vient-elle pas nous donner notre leçon aujourd'hui ? demanda Jenny. Est-elle malade ?

Evelyne parla vite, avant que Charles ne pût prononcer des paroles imprudentes. Elle avait préparé ce qu'il fallait dire aux enfants en montant l'escalier.

— Olive ne viendra pas ce matin, dit-elle. Elle a fait une trop longue promenade hier et elle est fatiguée. Tu étais sur la plage hier, Alan, n'est-ce pas ?

Le petit garçon hocha la tête.

— Olive t'a parlé. Elle avait un ami avec elle, je crois ?

Nouveau hochement de tête. Charles intervint, incapable de contenir son impatience.

— C'était un des Pierrots, n'est-ce pas ? Tu les as souvent entendus. Ne mens pas.

— Non, ce n'en était pas un.

— Ce n'était pas un quoi ?

— Charles ! dit Evelyne suppliante.

Il essaya de se calmer.

— Un Pierrot, disait Alan.

Ses parents se regardèrent. Evelyne essaya de nouveau.

— Alan, mon chéri, es-tu sûr que tu ne sais pas le nom de l'homme qui était avec Tante Olive hier ?

A présent, les enfants étaient alertés. Jenny demanda :

— Est-ce très important ?

— Oh ! Non, pas du tout. Nous nous demandions seulement... De toute façon, vous avez congé aujourd'hui.

La porte refermée sur leurs père et mère, les enfants coururent remettre leurs livres dans la bibliothèque.

— Ça m'étonne que tu n'aies pas trouvé un nom pour l'homme, observa Jenny. Toi qui sais si bien inventer.

— Tu crois que j'ai inventé que je les ai vus ?

— Non, puisque la nurse du bébé Pringle les a vus aussi. Je ne vois pas pourquoi Olive ne se promènerait pas avec un ami.

— Ils se disputaient, dit Alan.

Jenny le regarda d'un air méfiant. Alan aimait revenir en arrière et ajouter des fioritures à ses histoires.

— Si tu crois que je vais te demander pourquoi ils se disputaient, tu te trompes, dit Jenny.

— Elle courait devant et il la suivait.

— Maintenant, tu vas dire qu'elle a couru jusqu'au Château Gowdie ! Pas étonnant qu'elle soit fatiguée aujourd'hui.

— Justement, elle est allée jusque là. Ce n'est pas si loin à marée basse. Il y a un sentier qui monte du sable à la tour : je les ai vus le prendre.

— Tu ne pouvais pas voir d'aussi loin !

— Si, je les ai vus. J'ai continué à creuser le

sable pendant un bon moment. Ils ont dû revenir par les champs, je ne les ai pas revus.

— Je suppose, dit Jenny moqueuse, qu'il l'a jetée du haut de la falaise. C'est pour ça qu'elle n'est pas venue ce matin.

Alan réfléchit à cette intéressante hypothèse.

— Non, je ne crois pas, dit-il enfin. Je t'ai dit que la marée était basse. Et il y avait un chariot qui ramassait le varech sur le sable. Si elle était morte au pied de la falaise, il l'aurait trouvée.

— Demain, dit Jenny, elle viendra nous faire travailler. Elle ne sera plus fatiguée et nous la verrons comme d'habitude.

Mais ils ne revirent pas Olive le lendemain. Ni le jour suivant. Personne, à Failford, ne devait jamais la revoir.

⁘

Charles était maintenant sans pitié pour sa sœur. Un accident était hors de question. Elle s'était enfuie. On ne la chercherait pas, on ne la supplierait pas de revenir.

Si elle voyait qu'elle avait fait une folie et qu'elle revenait de son plein gré, alors, naturellement, on n'en parlerait plus. Inutile de pleurer sur ce qu'on ne peut changer. Si elle voulait épouser le garçon et rester avec lui, elle n'avait qu'à écrire. A elle de faire le premier pas, non à eux de s'agiter et de provoquer les questions des gens.

Ellen Cathcart semblait du même avis. Mais elle avait eu un dernier entretien avec Lizzie, qui était devenue compatissante et même contrite, étant dominée par ses bons sentiments.

— De toute façon, je serais partie à la fin de la saison, dit-elle. Je ne voulais pas passer l'été à

Glasgow. Mais, vrai, madame, j'en ai assez de cette maison où on tond les œufs, et de madame qui demande toujours comment j'ai employé tant de sucre ou autre chose. Et puis on a de meilleurs gages en ville.

— C'est bien cela l'adresse ? demanda Ellen sans répondre à ces remarques.

— C'est là qu'il logeait.

— Je n'ai pas besoin de vous demander de ne répéter cette histoire à personne. Je suis sûre qu'il y a un malentendu. Olive peut avoir un sosie en ville.

— Dans ce cas, où est-elle ?

Il n'y avait rien à répondre à cela.

Sans rien dire, à l'heure où elle savait ne pas rencontrer ses relations, Mme Cathcart se rendit à l'adresse donnée par Lizzie. Déjà, la ville perdait une partie de son animation de l'été. Elle trouva la maison qu'elle cherchait et gravit un escalier de pierre qui la conduisit à un palier. La porte était bien entretenue, et sans trop savoir pourquoi, elle en fut rassurée. Une femme lui ouvrit dès qu'elle eût sonné. Une bonne odeur de cuisine flottait. La femme invita la visiteuse à entrer et la fit asseoir dans un salon qui, visiblement, ne servait jamais.

Inutile de battre les buissons. Ellen Cathcart révéla tout de suite le motif de sa visite ; elle voulait des renseignements sur le jeune homme qui faisait partie des Pierrots.

— Bob Crowther ? dit la femme. Il est parti pour regagner l'Angleterre. Je n'ai jamais vu un garçon plus gentil. Que voulez-vous savoir de lui ?

Elle semblait soudain sur la défensive. Elle avait l'air raisonnable, intelligente et bonne. Ellen s'empressa de l'apaiser. Elle avait décidé que la franchise, jusqu'à un certain point, était la meilleure carte à jouer.

— Je suis sûre que vous êtes discrète, dit-elle. Une jeune fille à laquelle je m'intéresse vivement a quitté la maison de sa famille qui s'inquiète terriblement. On a dit qu'elle et... et Bob Crowther... se fréquentaient. Vous direz que cela ne me regarde pas, mais ce qui me regarde, c'est de chercher à aider à la retrouver.

L'honnête visage de la femme se durcit.

— Faut pas qu'on accuse Bob, dit-elle. Il n'est pas le genre à mal se conduire avec une fille.

— Je pense qu'il n'est pas marié ?

— Pas que je sache. C'est ce qu'il m'a dit et s'il a menti, c'est bien la seule fois. Il sortait avec une jeune fille.

— L'avez-vous rencontrée ? demanda Ellen.

— Non, mais quand il me disait qu'il ne rentrerait pas dîner, je devinais avec qui il irait au café de la Lagune pour manger en compagnie.

— Je vois. La famille de la jeune fille se demande s'il ne l'a pas emmenée avec lui en Angleterre ?

— Pour ça non : je suis allée l'accompagner à la gare. Vous savez, je l'aimais beaucoup. Il est parti avec les autres gars de la compagnie et il n'y avait pas de fille par là. Vous ne pouvez pas savoir comme ça les changeait tous de n'avoir ni collerettes ni pompons !

Ellen reprit un peu d'espoir. Mais si Olive n'était pas sur le quai ce soir-là, où était-elle ?

— Ainsi, monsieur Crowther est parti seul ?

— Je vous l'ai dit. Et triste aussi, mais il a été content de me voir. Je me suis dit que j'avais bien fait d'aller à la gare.

La visiteuse se leva.

— Merci, dit-elle. Je vais dire à mes amis de ne plus penser à cette éventualité.

— Ils devraient aller à la police, dit la femme.

Ils auraient dû, en effet, pensait Ellen, suivant la rue en sens inverse. Mais cela signifiait des interrogatoires, d'inévitables commentaires, et finalement la réputation d'Olive en serait ternie, qu'elle le méritât ou non.

D'après ce que disait cette femme, Olive ne s'était pas enfuie avec Bob Crowther, après tout.

Mais cela ne prouvait rien et Ellen avait l'esprit trop vif pour ne pas s'en rendre compte. Olive n'aurait jamais rejoint le jeune homme à la gare de Failford où elle pouvait être reconnue. Non, elle aurait plutôt pris, de meilleure heure, un train pour Glasgow et elle l'aurait retrouvé sur le quai du train de Londres, parmi de nombreux voyageurs. Finalement, Charles avait raison ; il fallait attendre des nouvelles. Et ne rien dire à la police.

Et ils s'étaient tous trompés en croyant Olive amoureuse d'Hamish Gowdie. Elle avait joué la comédie. Une bouffée de colère monta dans l'esprit d'Ellen contre sa fille. Elle aurait peut-être douté de l'histoire de Lizzie, mais elle se rappelait trop bien le refus d'Olive de partir pour Londres au cours de l'été. Et cela se passait avant l'apparition d'Hamish. Il lui avait seulement servi de paravent pour cacher le véritable objet de son intérêt.

Elle décida de rentrer à pied par le Green pour que l'air et le spectacle du coucher de soleil lui calment les nerfs.

Elle en avait traversé la moitié quand une grille s'ouvrit et Sally Bremer sortit de chez elle. Ellen hésita en l'apercevant, puis, comme elle était courageuse, elle s'avança résolument vers l'autre femme.

— Je suis en retard pour la promenade de Bijou, lui dit Sally, mais j'ai reçu des visiteurs venant de la campagne.

Ellen cherchait à deviner, d'après l'expression de Sally Bremer, ce qu'elle avait su par ses domestiques des visites d'Olive au café de la Lagune, mais Sally était ouverte et naturelle comme de coutume. De toute façon, même si on la trouvait frivole, elle n'était pas le genre à écouter les racontars des servantes.

Sally détacha Bijou.

— Le pauvre petit ! dit-elle. Je n'aurai plus beaucoup de temps pour le promener après cette semaine.

— Pourquoi après cette semaine ?

— Les Courses, naturellement.

Les Courses, bien sûr ! Stupéfaite, Ellen se rendit compte qu'elle ne pensait plus à l'avenir de Charles, suspendu aux gains qu'il réaliserait ou non. Il fallait qu'Olive eût disparu pour lui faire oublier son fils !

— Il paraît que les Colville donnent un bal. J'espère qu'ils m'inviteront ! Les invitations ne sont peut-être pas encore parties. Votre fille a-t-elle reçu la sienne ?

— Malheureusement, Olive ne sera pas là. Elle a accepté d'aller faire un séjour à Londres, chez une amie.

Comme il est facile de mentir !

— Quel dommage ! Je croyais que votre charmant cousin était fou d'elle ! Peut-être les fiançailles ne sont-elles pas officielles encore ?

— Elles ne le seront jamais. Entre nous, et en confidence, Olive l'a refusé.

— Pas possible ! J'étais sûre qu'ils se marieraient ! Et il est...

Ellen devina, avec une pâle étincelle d'amusement, que Sally allait dire « si riche », mais elle changea précipitamment de terme.

— ... si intéressant et désinvolte, reprit-elle. De toute façon, il vaut mieux savoir ce qu'on veut avant qu'après.

— Certes. Jamais je ne forcerais ma fille à faire un riche mariage si elle ne le désirait pas. Mais..., pour le cas, vous savez, où il serait revenu l'ennuyer, je l'ai envoyée à Londres.

— Je comprends. Elle s'y amusera beaucoup, j'en suis sûre.

Les deux femmes se quittèrent et Ellen reprit le chemin de la ville. C'était une bonne chose qu'elle eût rencontré Sally Bremer. Sally n'encouragerait jamais les bavardages de ses domestiques, mais elle aimait bien bavarder innocemment parmi ses amis. Plus tôt serait donnée une raison de la disparition d'Olive, mieux cela vaudrait.

Elle traversa la rue du terrain de golf. Toutes les belles villas se préparaient à la grande semaine des courses. Encore une semaine... Chaque année à pareille date, elle tremblait pour Charles. Aujourd'hui, elle ne pouvait qu'espérer. Il avait l'air plein de confiance, cette fois... Elle tenta d'oublier que les autres années aussi, il avait confiance, et il avait lourdement perdu... Mais cette année, il fallait qu'il gagne.

La disparition d'Olive lui avait fait momentanément oublier Charles. De nouveau, l'anxiété l'écrasait. A tel point qu'elle prit pour rentrer chez elle le chemin le plus court, qui passait devant Bellshaw House. Mais elle n'avait pas le courage d'entrer.

Alan qui jouait autour de l'orme, devant la maison, entendit le pas léger dans la rue et fut content que personne n'entrât. Il aurait fallu qu'il explique au visiteur que ses parents étaient sortis.

Mais un visiteur parut tout de même un peu plus tard dans la cour, presque sans bruit parce qu'il marchait sur l'herbe ; il ne voulait pas abîmer ses chaussures sur le gravier. Il avait ses manies.

Alan se trouvait de l'autre côté de l'arbre. Le visiteur le regarda tourner autour de l'orme, se plaquant contre le tronc, s'avançant pouce par pouce jusqu'à ce que son petit visage parût enfin. C'est alors qu'il vit le visiteur.

— Que fais-tu ? demanda celui-ci.

— Je chasse, dit le petit garçon d'un ton bref.

Il avait eu peur.

— Tu chasses quoi ?

— N'importe quoi.

L'homme s'appuya un instant contre l'arbre, puis il pensa à sa veste neuve et s'en écarta vivement.

— Qu'en feras-tu ? demanda-t-il.

— Je le tuerai. Vous ne voyez pas que j'ai un fusil ?

Il n'avait rien dans les mains mais c'était sans importance.

— Qu'en feras-tu quand tu l'auras tué ?

— Je le donnerai à ma squaw pour qu'elle le fasse cuire. Elle est en train d'allumer le feu sous la marmite.

Alan avait bien envie que cet homme s'en aille. Ils perdaient leur temps.

Le visiteur vit une petite fille boulotte émerger d'un massif de l'autre côté de l'allée. Il ne sentait

aucune odeur de fumée : le feu devait être imaginaire comme le fusil. La petite fille voyait très
bien l'étranger, un jeune homme assez gros, avec
une figure ronde et pâle et une petite bouche relevée
qui rappelait celle de certains poissons plats.

— Eh bien ! au revoir, dit le jeune homme,
s'éloignant enfin. Je pense que tu es Alan Cathcart ?
Je suis venu voir ton père. Je suppose que je n'ai
qu'à tirer la sonnette ?

— Ce n'est pas la peine, dit Alan. Il est sorti.
Maman aussi.

— Alors, riposta le visiteur, tu seras gentil de
leur dire que je reviens un peu plus tôt que prévu.
J'en ai assez des voyages. Je viendrai voir ton père
demain matin.

— Vous n'avez pas dit votre nom, lui rappela
Alan.

— Dis-lui : Eddie McCullock.

CHAPITRE XIII

Quand les gens apprirent que Charles Cathcart était obligé de vendre Bellshaw House et de quitter Failford, ils pensèrent qu'il avait trop compté sur la chance aux Courses. Il était allé trop loin.

« Le pauvre garçon ! se dirent-ils les uns aux autres, au club de golf, il croyait connaître les chevaux. Il n'a jamais eu la moindre idée de leur forme. Il devait déjà être endetté jusqu'au cou. Il paraît qu'il a pris je ne sais quel emploi à Glasgow. »

Car Eddie McCullock, apprenant la vérité, avait été clément. Bien sûr, il voulait son argent, mais il consentait à le recevoir quand ce serait possible. Tout s'arrangerait sans histoire en souvenir de la vieille amitié entre les McCullock et les Cathcart.

Une bonne partie de l'argent serait récupéré presque tout de suite par la vente de ce qui restait du domaine de Bellshaw ; il était maintenant situé au cœur de la ville, et le quartier avait beaucoup de valeur. La vieille maison fut rasée, le gros orme abattu, et le mur qui entourait les jardins nivelé. Un immeuble d'appartements modernes fut construit sur la parcelle de terrain qui bordait la rue.

Les droits des Cathcart sur le sol de celle-ci se

révélèrent importants et restaient dus à Charles en temps que suzerain. Ils furent remis à Eddie chaque année jusqu'à l'extinction de la dette.

Charles et Evelyne s'installèrent dans un petit appartement à Glasgow. Les enfants allèrent à l'école et prirent l'accent du pays. Des amis avaient déniché un modeste emploi pour Charles, le seul qu'il fût capable d'assumer, n'ayant jamais appris à faire quoi que ce soit. Il devint représentant d'une maison commerciale qui vendait du vin et des cigares.

A la vive surprise de la plupart des gens, sa mère demeura à Failford. Elle ne se sentait chez elle nulle part ailleurs. Ici, elle était encore quelqu'un. De plus, elle espérait toujours qu'un jour, Olive reviendrait, et elle voulait être là pour l'accueillir.

Ce fut après sa mort que Charles, triant ses papiers, trouva une correspondance angoissée avec une firme de détectives privés.

Ellen avait attendu près de deux ans avant d'y avoir recours. D'abord, elle ne voulait pas fâcher son fils en recherchant la brebis perdue ; il avait interdit à tous de « courir après Olive », comme il disait. Il était intraitable dans sa certitude que sa sœur avait eu une mauvaise conduite et qu'il lui appartenait, et à elle seule, de revenir.

Dans ce cas, on lui pardonnerait, et même on l'aiderait si elle en avait besoin. Plus Charles souffrait de sa propre faillite, plus il en voulait à sa sœur.

Il n'en lut pas moins les lettres des détectives avec beaucoup d'intérêt, et avec des sentiments de tristesse et de compassion à l'égard de sa mère.

Pauvre mère ! S'être donné tout ce mal sans lui en souffler mot ! De toute façon, elle était déjà convaincue qu'Olive ne reviendrait jamais de son propre gré, et à ce moment, il devenait bien difficile de la retrouver.

Apparemment, Bob Crowther était parti pour le Canada, prenant le nom de Reginald Travers, estimant qu'il sonnait mieux et qu'il était mieux adapté à sa profession. Ce détail avait ajouté aux difficultés. Avant de quitter l'Angleterre, il s'était brouillé avec un oncle, furieux de ce qu'il refusât de s'associer à lui dans une affaire commerciale. Depuis lors, il n'y avait eu entre eux aucune correspondance.

Il semblait qu'il fût resté au Canada : en tout cas, c'est là qu'on avait, en dernier, entendu parler de lui. Il s'engageait dans un groupe de musiciens ou un autre, et entre-temps chantait dans des restaurants, ou dans des cinémas entre les films. Pour finir, on avait perdu sa trace.

Charles brûla les lettres. Il essaya de les oublier et d'oublier sa sœur. Le temps passa. Deux guerres mondiales balayèrent l'ancienne manière de vivre, les vieilles habitudes, de sorte que la plupart des gens les oublièrent.

La boutique de la modiste, dans la rue de l'Ancre, était depuis longtemps devenue une librairie qui vendait des journaux et des cigarettes. La petite modiste n'avait pas tardé à quitter Failford, désireuse de gagner davantage ailleurs. Certains prétendaient qu'elle était partie pour l'Australie.

Madame Bremer, bien loin de regretter la source de ses ravissants chapeaux, s'était épanouie en une sorte d'été indien, devenant plus plantureuse et plus généreuse que jamais. Elle était morte avant d'atteindre la laideur de la véritable vieillesse, sa maison devenant un foyer de vacances pour les veuves de mineurs.

Le bébé Pringle grandit et disparut dans la deuxième guerre mondiale. Alan la traversa en tant que combattant mais en revint indemne. Jeune homme, entre les deux guerres, il revenait souvent à Failford pour voir sa grand-mère et il ne manquait jamais de faire une visite à son vieil ami, le capitaine Milligan.

Un jour, ce dernier lui raconta l'histoire de Mme Jack Bremer et d'Annabel. Quand il mourut, Alan apprit qu'il héritait de la canne d'ébène en forme de serpent, en souvenir du vieux marin.

Le tourisme apporta une vague de prospérité à la ville. De nouveaux magasins s'ouvrirent, d'autres hôtels. Un garage ouvert jour et nuit se dressa à la place occupée jadis par les écuries de Bellshaw House.

Evelyne Cathcart regretta les changements comme tout le monde, mais elle avait toujours été réaliste. Elle savait fort bien que les noms des rues anciennes : Avenue de Bellshaw, Cathcart Crescent et autres ne signifiaient pas grand-chose maintenant. Finalement, ils ne signifiaient plus rien du tout. Elle fut heureuse quand Alan fit ce qu'elle appelait un bon mariage : sa femme avait de l'argent. Quand il devint veuf, il décida de retourner vivre à Failford. A cette époque, sa mère était morte. Il acheta un luxueux petit bungalow près de la mer : une gouvernante parfaite, Mlle Meikle, vint tenir son ménage.

Ellen Cathcart avait légué à Jenny sa petite maison, et Jenny qui avait gagné sa vie pendant des années, prit sa retraite et vint s'y installer. Ses amis s'attendaient à ce qu'elle et son frère fassent ménage commun, mais l'un et l'autre refusèrent d'envisager cette solution. Ils avaient été séparés trop longtemps pour reprendre l'habitude de vivre ensemble et ils ne voulaient pas risquer de gâcher leur bonne entente. Ils s'aimaient toujours beaucoup.

La société d'autrefois, tout comme les rues de jadis, avait disparu. Le frère et la sœur demeurèrent très proches l'un de l'autre, dans cet étrange univers nouveau. Eux seuls se rappelaient les détails minimes, les petites plaisanteries, tandis qu'un à un, les gens s'éteignaient ou allaient vivre ailleurs.

Ce fut en comparant leurs souvenirs, les échos de commérages d'autrefois, qu'ils réussirent à reconstituer l'histoire de ce dernier été à Failford avant que tout changeât. L'imagination d'Alan complétait les probables conversations, et les épisodes qui s'étaient sûrement déroulés pour parvenir à leur conséquences. Jenny, à l'esprit plus pratique, compara les faits qu'ils avaient observés tous les deux à l'époque où ils étaient trop jeunes pour en comprendre le sens.

Ainsi, peu à peu, le nom d'Olive Cathcart fut oublié de tous, excepté d'eux. Nul autre ne subsistait pour se demander ce qui avait pu lui arriver.

*\
**

Puis, ce fut un matin où Jenny sortit dans son bout de jardin à Failford, sachant à peine ce qu'elle faisait. Certes, pensa-t-elle, il lui fallait vérifier les

dégâts causés par la tempête de l'autre vendredi,
voir si des ardoises étaient tombées du toit.

Elle voulait oublier ce qu'elle avait appris quelques instants plus tôt.

Le beau temps qui suivait la tempête offrait
un autre prétexte à son activité. Elle alla faire des
courses en ville et entra même chez Fleury pour
prendre une tasse de café... Pas de chocolat, « chez
Fleury, on ne servait plus le chocolat de jadis. »
L'établissement, songea-t-elle, appartenait maintenant à une boulangerie et n'avait plus aucun rapport avec la Suisse. Les photographies encadrées de
magistrats barbus avaient, depuis longtemps, cédé la
place à une décoration plus moderne. Un vol de
canards chinois zigzaguait maintenant au travers
d'un papier de tenture couleur du sable dont elle et
Alan faisaient autrefois des châteaux. Mais le château de sucre avait disparu et elle le regrettait
encore.

Alan avait fait une scène au nouveau propriétaire quand le chef-d'œuvre était parti, mais les
souris s'y étaient mis, avait expliqué l'homme, et
de toute façon, il serait tombé en poussière.

De la table voisine, quelqu'un parlait à Jenny.

— Vous profitez de cette belle journée, mademoiselle Cathcart ?

— Oui, vraiment. L'hiver va bientôt venir.

— Il y a une petite fraîcheur dans l'air. Et la
ville devient bien calme, avec les visiteurs d'été
partis. Ils sont odieux quand ils sont là, à remplir
les restaurants, à nous bousculer sur nos trottoirs...
Mais à vrai dire, la ville serait bien triste sans
eux !

Ennuyeuse. Une gentille petite dame à peu près

de l'âge de Jenny, la femme d'un médecin de Glasgow. Des nouveaux venus. Ils ne devaient pas être à Failford depuis plus de vingt ans, se dit Jenny. Mais quand la nouvelle serait annoncée, ces gens et leurs amis ne manqueraient pas de sujets de conversation. Peut-être ne s'y intéresseraient-ils pas tellement, après tout, puisqu'ils n'avaient pas connu Olive. Ils éprouveraient une émotion passagère, ils feraient quelques commentaires, et ce serait tout.

— Cette tempête a dû faire beaucoup de dégâts. Votre toit a-t-il souffert ?

Jenny secoua la tête.

— Heureusement non. Mais un de mes arbres fruitiers en espalier a été arraché du mur.

— Il paraît que le Château Gowdie a subi de graves dégâts. On parle même de le raser. On dit que c'est devenu un danger public.

— Oui, je le pense en effet.

— On aurait dû le démolir depuis bien longtemps déjà.

— Il a été longtemps propriété privée. Le fermier qui était propriétaire des champs avoisinants a mis des fils de fer barbelés ici et là pour empêcher ses bêtes de trop s'en approcher. Il n'était obligé à rien d'autre.

— J'espère bien qu'on n'écoutera pas les sociétés de préservation, ou quel que soit le nom qu'elles se donnent, et qui veulent conserver toutes les ruines à cause de leur intérêt historique. N'importe qui se promenant au pied de la falaise, à marée basse, pourrait recevoir des pierres sur la tête !

Jenny approuva, puis elle fit signe à la serveuse

et paya son café. Elle ne voulait plus entendre
parler du Château Gowdie.

Au-dehors, elle marcha un peu plus vite dans la
rue pour aller retrouver Alan. Elle avait agi en
égoïste en entrant chez Fleury pour retarder le
moment...

Il lui faudrait bien entendre le récit d'Alan à
un moment ou à un autre. Il devait être déjà là,
assis sur leur banc préféré du Green, à l'attendre.
Et être assis à la fraîcheur était mauvais pour
ses rhumatismes.

Encore maintenant, le Green lui semblait vide
sans le kiosque à musique. On l'avait enlevé, avec
ses ornements de fer forgé et son toit arrondi qui
faisait caisse de résonance. Il n'y avait plus d'orches-
tres pour jouer dehors les soirs d'été. Si les gens
voulaient entendre de la musique, ils prenaient
leurs transistors. La prison, derrière l'Hôtel de Ville,
avait été démolie aussi. On envoyait ses tapis chez
le teinturier au lieu de les faire battre en plein
air, sur une corde. Cela coûtait deux fois plus cher.

Alan était là, la canne du capitaine à la main.
Il se leva à demi en la voyant venir. Il avait l'air
très fragile et très vieux, ce matin, bien qu'il
fût plus jeune que sa sœur. Mais il avait toujours
été plus sensible. Et il venait de subir une dure
épreuve qui l'avait épargnée, elle.

Elle demanda :

— C'était Olive ?

Il hocha la tête.

— Comment peut-on en être sûr après tant
d'années ? dit Jenny. Je suppose...

— Ses dents, dit Alan. Elle était cliente du

vieux Gillespie, t'en souviens-tu ? Son fils a gardé
les anciennes fiches. Je n'ai rien pu dire pour les
vêtements, naturellement... ou ce qu'il en reste.
Mais j'ai reconnu son bracelet. Tu te rappelles ?
Elle le portait toujours ; une gourmette en or, avec
un petit cadenas d'or. Il fallut quelques instants à
Jenny pour se souvenir du bracelet. Quand elle
releva la tête et regarda son frère, elle vit qu'il
était très pâle. Pauvre Alan ! Il avait dû passer des
moments atroces !

— Le cadenas heurtait quelquefois son assiette,
à table. Je me rappelle très bien le bruit que cela
faisait.

Il parlait vite, s'efforçant d'attirer l'attention
de Jenny sur un bijou et non sur ce qu'ils avaient à
l'esprit tous les deux. Mais il fallait en finir avec
les questions à poser. Il fallait qu'elle sache.

— Où l'a-t-on trouvée, Alan ?

— Dans la salle, en haut de la tour. Celle par
laquelle elle regardait quand le vent a emporté
son chapeau et qu'il est parti dans la mer.

— Croit-on qu'il...

— On ne croit rien du tout. Personne n'est plus
au courant de l'existence de Crowther. Et je suis
certain que jamais il n'a su qu'elle était morte.
Quand ils sont passés près de moi, elle lui demandait de partir et de la laisser tranquille. Je crois
qu'elle voulait aller au Château Gowdie pour être
débarrassée de nous tous. Peut-être a-t-elle même
voulu regarder par cette fenêtre une fois de plus
pour voir le yacht d'Hamish revenant la chercher.

Il fallait rappeler Alan à la réalité.

— Si elle aimait Hamish tant que ça, dit Jenny,
jamais elle ne se serait lancée dans une intrigue

absurde avec un pauvre type comme l'autre ! Ils
n'avaient rien en commun !

— Elle ne voyait pas un « pauvre type » en lui.
En tout cas pas avant l'arrivée d'Hamish. Ne peux-tu
comprendre, Jenny ? Elle s'ennuyait, elle s'ennuyait
à mourir ! Alors elle a commencé à vivre une
aventure avec une voix de ténor, une collerette, et
un masque blanc à la grande bouche rouge.

— Tu crois vraiment qu'il a quitté Failford ce
soir-là sans se douter qu'il était arrivé quelque
chose à Olive ?

Alan hocha la tête.

— Il l'a suivie jusqu'aux ruines, dit-il. Et puis
elle a dû se fâcher et il a compris enfin qu'il n'y
avait rien à faire. Alors il l'a laissée là.

— Cette autre tempête..., celle qui a été si
terrible un peu avant sa disparition a dû ébranler
la maçonnerie, je suppose.

— Oui. Quand la ville a envoyé des gens voir
s'il y avait des dégâts après la tempête de vendredi soir, ils ont trouvé l'escalier complètement
écroulé. L'éboulement s'était produit il y a des
années : le fermier qui possédait le terrain à ce
moment-là avait barré l'entrée pour empêcher les
gens de pénétrer dans les ruines.

Jenny frissonna. Le soleil brillait, mais d'un
éclat menteur. Elle devinait qu'Alan pensait la même
chose qu'elle, mais elle voulait tout savoir.

— Elle a dû appeler au secours.

— Qui l'aurait entendue ?

Alan voulut réconforter sa sœur et lui-même.

— La salle est encore remplie d'énormes pierres

tombées des murs. Espérons qu'elle a été frappée par l'une d'elles et qu'elle est morte sur le coup.

Un lad conduisait une file de chevaux à travers le Green en direction des dunes, pour aller les entraîner sur le sable ferme, en contre-bas. Alan se tourna pour les regarder. Ou peut-être pour cacher à sa sœur ses yeux où se reflétait sa détresse. De petites bouffées de sable sec rebondissaient sous les sabots des chevaux qui gravissaient la dune, pour redescendre de l'autre côté. La semaine prochaine, il y aurait les Courses.

La canne d'ébène noire appuyée contre le genou d'Alan tomba sur le sol. Elle resta là, la gueule du serpent ouverte, sa langue d'ivoire, fourchue, dardée vers le frère et la sœur. Alan se pencha péniblement pour la ramasser.

— Tu sais, dit-il, je ne crois pas que toutes les histoires du capitaine étaient vraies, bien qu'elles en aient eu l'air sur le moment.

Il tenta de sourire.

— Certaines étaient vraies, bien qu'il n'y ait peut-être pas joué un rôle. Même enfant, je ne comprenais pas comment un marin aurait pu combattre les Tartares sur un champ de bataille. Il nous régalait de vieilles histoires qu'il avait entendu raconter en Orient. Celle de l'incendie du Palais d'été, par exemple. Il ne pouvait pas s'être trouvé là, les dates ne correspondaient pas. Mais de nombreux détails étaient parfaitement exacts. J'ai lu quelque chose récemment sur ce sujet. Les soldats ont perdu la tête et ils ont tiré sur les lustres, et le reste. Et je ne doute pas qu'il ait fait le transport de l'opium. A ce moment-là, c'était probablement légal.

— Alan, dit Jenny, il y a une chose que j'ai toujours voulu savoir. Quand Père t'a demandé si tu connaissais l'homme qui était avec Olive, pourquoi as-tu dit que tu ne le connaissais pas ?

— Il ne m'a pas demandé ça. Il m'a demandé si je savais son nom. Je ne me le rappelais pas. Je savais seulement qu'il y avait « crow » dedans.

— Si tu avais dit son nom, on aurait pu le retrouver. Il aurait dit qu'il avait laissé Olive au Château Gowdie et on aurait su où chercher.

Alan ne répondit rien, mais il fit la moue, comme autrefois quand il s'entêtait et voulait se justifier. Jenny insista :

— On t'a demandé si tu le connaissais, si tu l'avais déjà vu, et tu as encore dit non !

— On m'a demandé si c'était l'un des Pierrots, dit Alan, et j'ai dit non en toute bonne foi. Savais-tu, toi, que l'homme de la plage était un Pierrot ? Quand as-tu commencé à comprendre que l'ami du neveu de la cuisinière était le gars au visage peint qui chantait en jouant de la mandoline ?

Ce fut au tour de Jenny de rester silencieuse. Il lui avait fallu des années pour réduire en une seule les deux silhouettes, la blanche, en vêtements flottants, à la grande bouche rouge, à la voix merveilleuse, et celle du brave garçon qui avait sauvé Alan sur la falaise.

— Il commence à faire froid, dit Alan.

Il se leva avec raideur.

— Veux-tu venir déjeuner avec moi ? J'ai dit à mademoiselle Meikle que je te ramènerais peut-être.

Mais Jenny secoua la tête. Elle ne se sentait pas

d'humeur à faire honneur à la cuisine raffinée de Mlle Meikle. Ils traversèrent donc le Green ensemble, puis se séparèrent. Le vent soulevait les feuilles mortes sous les pieds de Jenny qui se dirigeait vers la rue du terrain de golf.

Il semblait que tout ce qui leur était arrivé dans leur enfance avait commencé sur le sable. Comme si les petits seaux aux vives couleurs qu'ils y emportaient avaient contenu leur avenir avec leurs jeux du moment.

Cet été, depuis si longtemps envolé, avait été le dernier de leurs joies, de leur insouciance. Après cela, plus rien n'avait jamais été semblable.

FIN